# TRAQUÉE

PROGRAMME DES ÉPOUSES
INTERSTELLAIRES: TOME 17

GRACE GOODWIN

Traquée

Copyright © 2020 by Grace Goodwin

Publié par Grace Goodwin as KSA Publishing Consultants, Inc.
Goodwin, Grace

Traquée

Dessin de couverture 2020 par KSA Publishing Consultants, Inc.
Images/Photo Credit: Deposit Photos: ooGleb, diversepixel

Note de l'éditeur :
Ce livre s'adresse à un *public adulte*. Les fessées et toutes autres activités sexuelles citées dans cet ouvrage relèvent de la fiction et sont destinées à un public adulte. Elles ne sont ni cautionnées ni encouragées par l'auteur ou l'éditeur.

## BULLETIN FRANÇAISE

REJOIGNEZ MA LISTE DE CONTACTS POUR ÊTRE DANS LES PREMIERS A CONNAÎTRE LES NOUVELLES SORTIES, OBTENIR DES TARIFS PREFERENTIELS ET DES EXTRAITS

http://gracegoodwin.com/bulletin-francais/

## LE TEST DES MARIÉES

### PROGRAMME DES ÉPOUSES INTERSTELLAIRES

VOTRE compagnon n'est pas loin. Faites le test aujourd'hui et découvrez votre partenaire idéal. Êtes-vous prête pour un (ou deux) compagnons extraterrestres sexy ?
PARTICIPEZ DÈS MAINTENANT !
programmedesepousesinterstellaires.com

# 1

*Vice-Amiral Niobé, Centre de Recrutement des Épouses Interstellaires, La Colonie*

"Cours. Tu sais que j'adore te courir après. Je t'attraperai et alors ..."

La voix grave de cet homme était un doux murmure, je l'entendais malgré l'étendue qui nous séparait, comme s'il était à mes côtés. Nul besoin de terminer sa phrase. Je savais ce qui m'attendait une fois attrapée. Je frissonnais d'excitation, mon vagin se contractait de désir.

J'étais rapide.
Il l'était encore plus.
J'étais rusée.
Il était impitoyable.
J'étais une chasseresse.
Pourchassée.
J'étais sa proie. Son désir. *Sa femme.*

Il me sauterait dessus dès qu'il me trouverait. Me dominerait. Me pénétrerait. Me baiserait pour me posséder. Corps et âme.

Je le fuyais, non pour l'éviter.

Parce que j'avais envie de lui.

Mon cœur cognait fort dans ma poitrine, non pas de fatigue, mais d'excitation, de désir.

Je courais de plus en plus vite, la traque faisait partie du processus d'accouplement. L'homme qui m'épouserait devait se montrer digne de moi. Il ne m'épouserait pas tant que je ne l'aurais pas testé.

Le terrain était abrupt, le bois dense, la canopée au-dessus de nos têtes bloquaient la majeure partie des rayons du soleil. L'air était chaud et humide, presque étouffant.

Je souris en contournant rapidement un gros arbre, en sautant par-dessus un rondin.

"Je t'excite. Je sens l'odeur de ta chatte d'ici."

Je poussais un gémissement, il avait raison. Je mouillais, en manque. Je n'étais pas seulement en nage à cause de la traque, des kilomètres parcourus. Je mourais d'envie de sa bite. Il se déplaçait rapidement, à pas légers. Je l'entendais aussi bien que lui m'entendait. Il avait le souffle court, la peau en sueur. Je sentais son odeur, reconnaissable entre toutes. Partout, jusqu'à la fin de mes jours.

La plupart des femmes se seraient arrêtées, auraient attendu, auraient laissé leur partenaire les rejoindre mais je n'étais pas n'importe quelle femme. J'étais une Everienne. Une chasseresse pure et simple. Une guerrière. Je me déplaçais d'autant plus vite. Je ne voyais même plus le sol sous mes pieds, mes cheveux étaient rejetés en arrière dans ma course folle.

"Quand tu seras allongée sous moi, femme," gronda-t-il, "tu sauras qui est le maître. À qui appartient ton sexe. Tu jouiras quand je t'en donnerai l'ordre. Sur ma verge. Sur ma bouche."

J'imaginais sa tête entre mes cuisses, sa langue sur mon clitoris, en train de titiller mon petit bouton rose durci, et me déconcentrai l'espace d'un instant. Je trébuchai sans tomber toutefois.

"Ah, ma beauté. Tu veux sentir ma bouche sur ta peau ?" Il m'avait entendue trébucher. "Laisse-moi t'attraper."

J'éclatai de rire et plissai mes paupières en arrivant dans une clairière. "Jamais."

Mon cœur bondit de joie en l'entendant gronder. Il ne voulait pas que je cède. Il voulait me dominer. Que je prouve ma force avant de me donner à lui. C'est ainsi que ça se passerait. Je rêvais de son côté dominateur. De sa force. En attendant, les atouts étaient de mon côté.

Je m'étais laissée distraire par mes pensées, tout était silencieux. Aucun bruit de pas, plus de poursuite. Seulement les animaux de la forêt, le vent. Il ne me pourchassait plus.

Il avait changé de stratégie. Je ralentis et m'arrêtai en constatant que tout était silencieux.

Je fis volte-face et regardai dans toutes les directions. Je cherchais. J'écoutais. *Je ressentais.*

Je l'entendis de nouveau.

Un battement de cœur.

Une respiration.

Je sentis son odeur.

Une odeur virile.

Je fis volte-face, il était là. Devant moi. Je dus relever la tête pour croiser son regard brûlant de désir.

"Comment—"

Son visage se fendit d'un sourire doux et cruel à la fois.

"Peu importe, ma chérie." Son torse s'élargit tandis qu'il prenait une profonde inspiration.

Ça m'insupportait. Je n'allais pas m'avouer vaincue aussi facilement. Je détalai.

Il éclata de rire.

Il me rattrapa de nouveau. J'ignorais comment il s'y était pris mais impossible de détecter sa position jusqu'à ce qu'il me tombe dessus. On aurait dit qu'un immense bouclier le protégeait, dissimulait ses mouvements.

Pareille compétence m'était inconnue. C'était efficace puisque je me retrouvais tout à coup empoignée et plaquée contre un arbre. Il me touchait comme si j'étais un fragile objet en cristal, la rage coulait dans mes veines.

"Obéis," grommela-t-il.

Il posa une main sur ma taille, l'autre sur le tronc à côté de ma tête. Il s'appuyait sur moi de tout son poids. Il était dur comme l'acier. Je sentais son énorme queue en érection pressée contre mon ventre.

J'étais indécise. L'intensité de l'accouplement m'empêchait d'avoir les idées claires. Je voulais bondir. M'enfuir. Qu'il me poursuive. Encore. J'avais besoin d'éprouver cette euphorie. Je mourrais d'envie de le sentir lui, sa chaleur, sa virilité.

J'avais envie de m'agenouiller devant lui, me mettre à poil, m'allonger dans l'herbe et écarter les cuisses.

Me mettre à quatre pattes, regarder derrière moi pendant qu'il me prendrait en levrette et me posséderait brutalement. J'en avais besoin.

Une grosse main se posa sur mon menton, me força à tourner la tête. "Dis-le. Dis le mot que j'attends pour que tu sois réellement mienne."

Je déglutis et humectai mes lèvres. Il était là. Il m'avait

trouvée. Il m'avait traquée. Je ne pouvais rien faire d'autre, je ne *voulais* rien faire d'autre.

"Oui."

Il s'agenouilla devant moi, ôta mes bottes et descendis mon pantalon, je me retrouvai à moitié nue. Il était aussi rapide qu'à la course. Mes jambes se retrouvèrent sur ses épaules, sa bouche sur moi en une fraction de seconde. Ici.

Il me plaquait contre le tronc d'arbre. J'étais surélevée, je ne touchais plus le sol, je n'avais rien pour m'accrocher hormis sa tête, j'enfonçais mes doigts dans ses cheveux. Il me léchait, écartait les replis de ma vulve, trouva mon clitoris, qu'il lécha.

Un son guttural jaillit de sa poitrine tandis qu'il me faisait jouir. Je savais que je dégoulinais sur son visage, j'étais tout excitée, l'orgasme était d'une extrême intensité.

"Pourquoi ?" demandai-je après avoir repris mon souffle. Il ne bougeait pas et continuait d'embrasser l'intérieur de mes cuisses, se contentant de lever les yeux pour me regarder.

"Pourquoi je m'agenouille devant toi alors que c'est toi qui devrais obéir ?"

Je hochai la tête, mon dos se frottait contre la rude écorce.

"Ton corps, ton plaisir m'appartiennent. *Tu* m'appartiens. Je suis certes à genoux, mais tu te livres pleinement."

Je ne voyais pas sa verge turgescente mais savais qu'il bandait. Qu'il voulait baiser.

"Et toi ?"

Je me retrouvai allongée sur le sol meuble en un éclair, mes jambes toujours sur ses épaules.

Il s'écarta pour dégrafer son pantalon, extirpa sa bite qu'il plaça devant mon vagin et s'enfonça profondément.

"Oui !"

Je poussai un cri devant son membre énorme. Je le sentais me dilater, me posséder.

"Répète. Tu y consens. Tu te soumets."

Il se retira et je gémis, je me retrouvai à quatre pattes, il me prenait par derrière. Brutalement. Profondément.

Son corps massif se plaquait dans mon dos, sa bouche cherchait mon cou, il mordillait la veine qui y palpitait, mordait la zone comprise entre mon cou et mon épaule. "Tu es à moi."

J'agrippai le sol humide mais n'y trouvai aucune prise. Il nous faisait avancer sur le sol de la forêt, le bruit de nos peaux claquant l'une contre l'autre, je n'entendais que le bruit de sa queue coulissant dans ma chatte humide. Tous les animaux s'étaient enfuis.

*Nous* étions des animaux. Sauvages et frénétiques. Il me pilonnait et je hurlais, prête à jouir de nouveau.

"Quelle belle chatte mouillée. Parfaite. *Tu es* parfaite pour moi. Tu es à moi."

"Oui."

"Donne-le-moi."

Je savais de quoi il parlait. Pas seulement de mon orgasme, mais de mon cœur. Mon âme.

Les parois de mon vagin se contractaient comme un poing, je l'attirais, j'avais envie de lui, j'avais besoin du moindre centimètre de sa grosse queue.

Je jouis en hurlant, le bruit retentit dans toute la forêt, sur les terres où il m'avait pourchassée.

Il me pénétrait profondément. Il se contracta, gémit et jouit. Je sentais son sperme chaud m'envahir, il me possédait.

C'était l'homme de ma vie, je lui avais procuré un plaisir

ultime bien qu'il soit dominateur. Il ne serait jamais complet sans moi.

Et je ... je me soumettais. De mon plein gré. Avec joie. Entièrement.

J'ouvris grand les yeux et poussai un cri perçant.

"Non !" criai-je, ce mot tout simple résonna sur les murs de la pièce nue.

"C'était bon, pas vrai ?"

Je clignai des yeux et aperçus le visage tout content de Kira. Mon amie, penchée sur moi, bondit en arrière alors que je me redressai subitement.

Je me frottais les yeux. Bon sang, c'était chaud, super réel. Mais ce n'était qu'un rêve. Un stupide rêve de recrutement des épouses.

Rachel, une autre Terrienne mariée au gouverneur de la Colonie, gardait le silence tout en esquissant un sourire. Oui, elle riait en son for intérieur.

Le Docteur Surnen chargé du recrutement tenait sa tablette, à l'extrémité du fauteuil. Je n'étais pas certaine de vouloir savoir s'il gardait le silence parce que le test comprenait des rêves sexuels intenses ou parce que j'étais la première femme qu'il testait et ne savait que dire. J'étais apparemment la seule femme célibataire sur cette planète, hormis la mère d'une autre Terrienne, Kristin. Ce docteur n'effectuait pas de tests sur les femmes en général. Il testait des combattants intégrés transférés après avoir fui la captivité.

Mes tétons étaient tout durs mais je ne risquais pas de fournir cette information au médecin. Je n'avais pas la trique - je n'avais pas de bite - mais mon vagin réclamait avidement cette partie de jambes en l'air que j'avais imaginée ... sans l'avoir vraiment.

J'étais excitée. Plus excitée que jamais. Le test était donc supposé être cruel, exciter et titiller, sans aucune possibilité de soulagement ? La personne testée avait un tel besoin de jouir qu'ils validaient au final le couple ainsi constitué, c'était une simple histoire de sexe ?

Mes traîtres de tétons et mon sexe se contractaient sur une future bite ; au vu de mon excitation, j'aurais presque accepté d'épouser des extraterrestres bleus pourvus de deux pénis.

"Je suis venue vous rendre visite à toi et Angh, pas pour passer un test," lui rappelai-je.

Elle prit un air excédé. " Tu fais d'une pierre deux coups. Une visite positive dans tous les sens du terme."

Je descendis du fauteuil de test et m'étirai. Mauvaise idée, mes tétons se frottaient d'autant plus contre mon uniforme de l'Académie. Je poussai un gémissement.

Rachel éclata de rire.

"Je te déteste," grommelai-je en lui décochant l'air mauvais d'ordinaire réservé aux jeunes recrues – j'étais la chef de l'Académie - ils pissaient en général dans leur froc. Ce qui déclencha son hilarité.

# 2

*Chasseur d'Elite Quinn, Latiri 4, Base d'Intégration de la Ruche, Secteur 437*

DE LOURDES CHAÎNES entravaient mes poignets et mon cou, j'étais maculé de sang séché, seul signe visible de ce que les unités d'Intégration essayaient de me faire.

Me faire devenir l'un des leurs.

*Un soldat de la Ruche.*

Me contrôler. Contrôler ma force et mes talents de chasseur. Contrôler mon esprit.

Je mourrais avant de succomber au vrombissement qui enflait dans mon crâne. Le bruit devenait de plus en plus fort à chaque nouvelle injection. J'avais presque perdu l'esprit, mon corps devenait de plus en plus fort.

Je regardais mes deux amis d'enfance, deux chasseurs d'élite comme moi, la mort s'emparait déjà de leurs cellules mais ils n'avaient pas cédé à l'ennemi. Ils avaient combattu jusqu'au bout et refusé de donner ce que la Ruche voulait. Plus de combattants. Plus de soldats d'élite.

Mes frères n'avaient pas donné ce qu'il voulait au bâtard bleu de la Ruche qui dirigeait cette base. J'étais le dernier. Le dernier chasseur d'élite dans ces cachots souterrains. Sa dernière chance de réussir.

Les autres avaient combattu jusqu'à leur dernier souffle. Je ne dérogerais pas à la règle.

"Tu es réveillé, chasseur." La peau de l'extraterrestre était un mélange d'argent et de bleu profond. Ses yeux étaient presque noirs. Complètement opaques, il n'y avait rien derrière ses orbites, pas la moindre trace d'émotion, aucune âme. Il ne s'agissait pas d'un beau bleu ciel, mais d'une tonalité bien plus sombre et sinistre. Je me trouvais en présence de l'infâme Nexus, l'un des fondateurs mythiques—ou créateurs—des systèmes de la Ruche. Je tenais l'information directement du service des Renseignements de la Flotte de la Coalition. Rares étaient ceux les ayant déjà vus, uniquement des humains d'une nouvelle planète de la Coalition nommée *Terre*.

"Qu'est-ce que tu me veux ? J'aime pas les mecs ni le bleu, t'excite pas mon gros." Le Nexus me regarda de travers mais ne fit montre d'aucune réaction. Il avait compris où je voulais en venir. Je sentais poindre son agacement.

"J'ai pas l'intention de faire ami-ami avec toi."

"Tant mieux."

Ce qui l'irrita d'autant plus. "Tu essaies de faire de l'humour, Chasseur, mais ce n'est pas ça qui te sauvera. Tu m'appartiendras bientôt."

Je secouai la tête et le regardai droit dans les yeux. Ce mouvement ne fit qu'accroître le bruit dans ma tête, désormais proche d'un rugissement, la douleur vrillait mes yeux

mais je soutins son regard, j'osai lui demander de me tuer.
"Non. Je serai bientôt un guerrier mort, et toi, un raté."

Le Nexus grogna en montrant les dents, leva la main et me gifla.

Les Nexus n'étaient pas semblables à leurs clones. Ils réagissaient. Ils parlaient d'eux en utilisant la première personne, et non la troisième. Ils étaient *vivants*. Des individus à part entière.

On pouvait les manipuler. Leur faire peur.

Les attirer.

Je souris à la créature bleue, qui donna le signal à l'un de ces clones de poursuivre les injections. Les aiguilles s'enfonçaient profondément dans mon cou et mes poignets, bombardant mon corps de la technologie microscopique de la Ruche, de nanocytes si minuscules que même les médecins de la Coalition n'avaient aucun espoir de les retirer de guerriers aussi contaminés que moi. Je survivrai probablement mais c'en serait terminé de mes talents de chasseur. Selon le niveau d'intégration, je serais banni et envoyé sur la Colonie, oublié de tous, inutile.

J'étais fichu mais gardais le sourire tandis que le Nexus s'éloignait. Je m'écroulai contre le mur lorsqu'il fut parti. Ils m'avaient laissé mon uniforme lors de ma capture mais avaient pris mes armes. Mon uniforme gardait mon corps à une température acceptable mais ne pouvait rien pour protéger mon esprit de la dure réalité de cette cellule. C'était une base entière. Je voyais la station de transport depuis ma cellule. De nouveaux captifs arrivaient par douzaines : des Prillons, des Vikens et des humains, des Atlans et des Xerimians—en nombre plus restreint cela dit—bien trop dangereux pour être capturés en masse. Les moins nombreux étaient les chasseurs Everiens, comme moi. Que ce Nexus dirige un centre d'intégration ici-même, sur cette planète, sous le nez du Commandant Karter, était effrayant. Complètement dingue. Tous ignoraient notre présence. Personne ne viendrait nous chercher *ici*, on supposait à tort que la Ruche ne rôdait pas dans le secteur.

Je bouillais de rage, mon adrénaline augmentait douloureusement la sensation d'oppression qui enserrait mon crâne. Je ne pouvais donner libre cours à mes émotions. Je devais rester calme si je voulais lutter contre la technologie de la Ruche, rester sain d'esprit, si je voulais gagner la bataille contre ce connard bleu résolu à m'achever.

Je respirai profondément, calmai les battements de mon cœur et pensai à Zee, mon ami marqué par la vie, désormais avec sa jeune épouse sur Everis, vivants en paix, heureux. Si Zee était vraiment heureux, il devait avoir deux ou trois gamins qui couraient toute la journée, Hélène, sa belle terrienne, succombait certainement à ses caresses chaque nuit.

Je me languissais d'avoir une femme, une épouse douce et soumise qui aurait besoin d'une présence forte et rassurante pour lui procurer du plaisir. J'avais passé le test du Programme des Épouses Interstellaires, suivi leurs protocoles, voilà plusieurs mois maintenant. Aucune femme n'était venue partager ma vie, aucune femme ne m'avait été attribuée. J'étais peut-être trop brisé, trop marqué par la vie. Trop écorché vif. Je n'étais peut-être pas l'homme idéal mais je n'avais pas perdu espoir. Pourtant, mon espoir de trouver une femme commençait à s'évanouir avec le reste, cela faisait des jours que je contemplais les yeux froids et vides de ce prédateur Nexus. Je n'avais pas besoin d'espoir à l'heure actuelle mais de force, de défi, de détermination et de volonté.

Ce Nexus ne m'anéantirait pas. Il me tuerait peut-être, mais ne me briserait pas.

---

*Niobé, Centre de Recrutement des Épouses Interstellaires, La Colonie*

Kira s'approcha et me prit dans ses bras, je me figeai, surprise.

"Oui, je sais," répondit-elle. Nous avions travaillé ensemble à l'Académie, des missions secrètes pour le compte des Renseignements, mais je n'avais pas envie pour autant qu'elle me serre dans ses bras. "C'est terminé. Comme les piqûres quand on était petites. On s'en fait tout un monde. Alors, ce test ?"

Elle n'arrêtait pas de me taquiner et ponctua sa question d'un clin d'œil.

"Tu connais ma position vis-à-vis d'un éventuel mec. J'ai trente-six ans. Je m'en suis très bien sortie sans, je ne vois pas pourquoi ça changerait."

"Tu t'es installée sur ce fauteuil de ton plein gré. On ne t'a pas forcée," répondit Rachel.

Elle avait raison. Je la détestais. Je soupirai. On m'avait demandé de quitter l'Académie mais je n'avais aucune famille à qui rendre visite. J'étais à moitié Everienne, je vivais sur cette planète depuis deux ans, j'avais rejoint la Coalition mais ne me sentais pas chez moi ici. Je ne partais jamais sur d'autres planètes en vacances et ne serais jamais venue à la Colonie si Kira ne m'avait pas conviée. Elle me l'avait proposé à maintes reprises et j'avais fini par accepter

—non parce que je ne l'appréciais pas mais je détestais rester oisive—d'où ma présence dans ce stupide fauteuil. Je n'étais pourtant pas ivre ; je pouvais boire comme un trou et faire rouler sous la table un Atlan gigantesque, c'était dû à mes origines maternelles russes, et ma prédilection pour la vodka—apparemment génétique.

Mes gènes n'étaient apparemment pas programmés pour un désir d'enfant. Une famille. Ce que n'importe quel homme de la Coalition était en droit d'attendre d'une épouse. Mon utérus n'était pas prévu pour. Même pas en rêve.

"Je sais," répondis-je en lissant mon uniforme à la recherche de plis inexistants. Personne ne m'avait forcée à passer le test, je l'avais passé sans grand enthousiasme. Qui voudrait de moi de toute façon ? J'étais mi-humaine, mi-Everienne. Je ne m'étais jamais retrouvée dans les valeurs terriennes et sur Everis, je passais pour la petite Terrienne. J'étais un spécimen bizarre, aussi loin que je me souvienne. Je n'aimais pas être de mauvaise humeur, hors de mes gonds, j'étais décontenancée, en nage et décoiffée, comme après l'amour. Sans l'avoir fait. Bon sang, était-ce à cause du couple dans mon rêve ? Une *sacrée* partie de jambes en l'air. Endiablée. Une entente indéniable. Mais la soumission de cette femme envers son partenaire ? Mouais, c'était pas mon style. Je n'étais pas du genre à obéir. En tant que vice-amiral, j'étais responsable de l'Académie de toute la Coalition. Je n'avais pas besoin qu'un homme me dicte ma conduite.

Mais je ferais certainement bon usage de sa bite. *Elle* me mènerait à la baguette, surtout si ce mec me tringlait comme la nana du rêve. Oh oui bordel. Mais un sexe sans homme au bout se résumait à un gode, et c'est pas ce qui me manquait.

"T'es pas obligée d'avoir des gosses," crut bon de rappeler Kira, comme si elle lisait dans mes pensées. À moins qu'elle ait prêté l'oreille à mon sempiternel ronchonnement, à savoir *pourquoi* je devais me marier, tout simplement parce qu'elle et Rachel en avait parlé.

"Vous êtes toutes les deux mariées," rétorquai-je en les regardant tour à tour. Je n'avais pas des tonnes d'amies à l'Académie, je n'avais pas le droit de copiner avec les étudiants et la majeure partie du personnel. J'étais responsable, privée d'amis au sens propre.

Ces deux femmes m'avaient pris sous leurs ailes durant ma visite, même si l'idée ne m'angoissait pas plus que ça. Elles me savaient tatillonne et parfois désagréable, avec moi, c'était blanc ou noir —pas au sens propre, au figuré. En tant que Terriennes, parler de trucs bien terriens était franchement génial. De sèche-cheveux. De glaces au bon lait de vache, un animal n'existant que sur Terre. Je ne m'étais jamais sentie aussi ... différente.

Elles me taquinaient souvent quant à mon sempiternel célibat. Avec six affectations à mon actif au sein de la Coalition, j'avais plus que le droit de passer le test et de me marier. Cependant, rester vieille fille me convenait parfaitement.

"On n'est pas pareilles," répondit Kira. "On voulait des enfants."

Super.

"Docteur Surnen, vous pouvez dire au Vice-Amiral qu'elle n'est pas obligée de pondre des tonnes de bébés extraterrestres pour faire plaisir à son mari," demanda Kira.

Le docteur me regarda, installé sur sa chaise à roulettes. "Le Vice-Amiral n'a pas besoin que je me répète. Ce serait une insulte à son intelligence."

Sympa le Prillon.

Je souris et lui adressai un signe de tête.

"Très bien," grommela Kira. "Alors je vais m'en charger. T'es intelligente mais tu réfléchis avec ta tête. Les tests choisissent automatiquement *le* partenaire idéal. Si tu ne veux pas d'enfants, les tests le savent. Ils ne vont pas t'attribuer un mec qui veut douze gosses. Ils choisissent ton mec *idéal*."

Je regardai le docteur, qui approuva.

"Un couple ne se forme pas d'un coup d'un seul," dis-je en franchissant la porte de la salle de test au sein du dispensaire. "Ça attendra, je rentre à l'Académie, il paraît que certains guerriers ont attendu des années."

Le docteur se racla la gorge, nous regardâmes toutes dans sa direction. "Je suis désolé de vous décevoir, Vice-Amiral, mais on vous a trouvé un partenaire."

Je restais bouche bée. Mon cœur cessa de battre. "Pardon ?"

Kristen et Rachel se mirent à glousser et applaudir comme des cheerleaders avant un match. Mais qu'est-ce que je leur trouvais à la fin ?

"Vous êtes mariée."

"J'ai entendu," marmonnai-je. "C'est-à-dire ?"

"Ça veut dire que vous avez épousé un chasseur d'élite sur Everis."

"Everis, forcément," répondit Kristen. "C'est logique, t'es à moitié Everienne et t'as une marque."

Je tournai ma main et contemplai la marque dans ma paume. J'avais grandi sur Terre, je pensais qu'il s'agissait d'une tâche de naissance. Mais j'avais compris, une fois sur Everis, que la signification était tout autre. Pour les autres. Pour moi, cela ne signifiait absolument rien. Je ne me raccrochais pas à l'espoir d'un partenaire particulier, forcément, je venais toute juste de passer le test. Et d'en trouver un. "Je ne savais même pas que j'étais à moitié Everienne jusqu'à ce que ces Chasseurs me découvrent sur Terre, j'avais quatorze ans. Je considérais ma marque comme magique, sans trop y croire. Non, je ne suis pas une romantique croyant dur comme fer à ce genre de choses. Je suis ... réaliste."

Rachel me lança un regard tendre empreint d'empathie. "Réaliste ? Oui. Je t'ai vue dans l'arène."

Je les avais accompagnées aux matchs et m'étais portée volontaire pour participer. Avoir des Chasseurs pour combattants n'était pas courant. Une femme encore moins.

"J'imagine ce qu'on devait dire de moi à la fac. Que je devais faire partie de l'équipe universitaire, c'est ça ?"

Je n'avais pas menti en disant que j'ignorais mon origine, je n'étais pas totalement humaine. Je me trouvais simplement bizarre. Ainsi que tous ceux que j'avais croisés durant mon enfance dans le Minnesota, notamment après le décès de ma mère et mon placement en foyer. L'orpheline qui faisait des trucs de ouf. Quand j'étais petite, j'écoutais des conversations auxquelles je n'étais pas censée avoir accès, ça m'avait causé pas mal d'ennuis. Je repensais à cette période de ma vie pas franchement marrante durant laquelle, étant plus grande, j'avais appris à écouter et me taire, j'étais d'une rapidité indécente, une vraie tête brûlée, mais j'ignorais pourquoi.

Ça me revenait comme un retour de flamme. L'aliénation, l'insécurité, la colère. J'avais été une rebelle, comme la gamine gothique qui met des tonnes d'eyeliner noir pour faire chier son monde. Je n'avais *jamais* mis d'eyeliner mais je savais ce qu'elle ressentait. J'étais la star de l'athlétisme d'un lycée réputé, j'avais pulvérisé tous les records en fond et demi-fond, une vraie héroïne. J'aurais pu gagner haut la main en équipe nationale mais je me retenais parce que je n'étais jamais essoufflée. Mon palpitant ne s'emballait jamais, même après une course de dix bornes. Je ne cherchais pas la gloire. Je ne voulais pas remporter de médailles pour mon lycée, j'aurais dû prouver mes capacités sans trop attirer l'attention. Je me fichais de la prestigieuse Ivy League ou des Jeux Olympiques. Ma mère me manquait. Je ne me souvenais pas beaucoup d'elle, son sourire, son odeur, sa voix, *tout* en elle me manquait. Ses câlins. J'étais seule au monde, la seule personne qui m'avait acceptée en tant que telle était morte.

Je ne voulais pas de l'attention mais des réponses. Savoir pourquoi j'étais un monstre.

*Maintenant*, je savais. J'avais du sang Everien. J'ignorais comment ma mère avait jeté son dévolu sur un Everien dans le Minnesota, mais j'en étais la preuve vivante. Mon donneur de sperme était retourné sur Everis après son petit cinq à sept sur Terre ? Il s'était fait tuer ? Je ne le saurais jamais. Merde alors, si ces Everiens n'étaient pas venus sur Terre pour chasser et tomber sur les résultats de mon championnat d'athlétisme, je serais probablement encore sur Terre à l'heure qu'il est. Ils ne m'avaient pas laissé le choix après avoir repéré ma marque et vu courir plus vite que le vent. Ils m'avaient contrainte à rentrer avec eux sur Everis, et à devenir une Everienne. Ce qui n'était pas facile vu mon ADN. Tu parles d'un choc des cultures.

"Il est hors de question que je parte vivre sur Everis avec mon futur époux," décrétai-je en regardant le docteur afin qu'il comprenne que je ne plaisantais pas. "Ma place est à l'Académie. Je n'ai pas l'intention de démissionner."

"Vous n'y êtes pas obligée, mais vous *devez* le rejoindre," répondit-il. "Vous réglerez les détails ultérieurement ..."

Je le regardais, visiblement contrariée, les bras croisés sur ma poitrine. "*Je* dois *le* rejoindre ? Je dois être de retour à l'Académie dès demain. Il n'a qu'à se déplacer et me retrouver là-bas."

"Telle est la tradition. Je suis désolé. L'épouse ayant passé le test doit se rendre chez son mari. Refuser équivaudrait à le déshonorer."

J'étais fort contrariée. "Sans rentrer dans les détails, il est grand temps de bousculer la *tradition*."

"Vous souhaitez vraiment refuser cette union ? Le déshonorer ?"

Qu'ils aillent tous au diable. Loin de moi l'idée de déshonorer un guerrier respectable. "Non. Bien sûr que non."

"Excellent." Le docteur tendit les deux mains, comme pour bloquer mon éventuelle répartie. "Vous allez le rejoindre. Ce que vous déciderez, où vous vivrez, vous concerne."

"C'est toi qui portes la culotte," dit Kira en m'adressant un clin d'œil. "Va le rejoindre."

Je levai les yeux au ciel, en grommelant. À vrai dire, j'avais *adoré* ce rêve du test. En tous points. Je n'avais pas envie de porter la culotte. J'avais envie d'être excitée, de mouiller, d'être nue, de sentir sa langue—ou sa bite— profondément enfouie en moi.

"Tu rougis, Vice-Amiral." Kira me souriait comme une foldingue, ce qui était d'ailleurs le cas. Je ne pouvais pas lui en vouloir. Le seigneur de guerre Anghar était un guerrier impressionnant. Personne ne m'avait forcée à m'installer sur ce fauteuil de test. J'avais tout fait pour que Kira et Rachel me poussent à franchir le pas. À vrai dire, j'en avais marre d'être seule.

"Parfait." Je levai les mains et répétai, "Parfait !"

Ils poussèrent tous les trois un soupir, visiblement soulagés, ce qui ne fit qu'attiser ma colère, je m'étais montrée faible, doutais fortement au début. "J'irai."

Le docteur se leva d'un bond, Kira et Rachel me poussèrent vers la porte et le centre de transport avant que je change d'avis. Je me retrouvai sur la plateforme tandis que le docteur et le technicien chargé du transport entraient les coordonnées en l'espace de quelques minutes. Je me regardai, m'assurai que mon uniforme de vice-amiral de la Flotte de la Coalition soit présentable, que mon arme soit bien fixée à ma cuisse. Si je devais quitter la Colonie, j'emporterais tout avec moi.

Le docteur Surnen s'éclaircit la gorge, je croisai alors son regard. "La tradition exige que les femmes arborent une tenue plus féminine ..."

Je le regardai d'un œil mauvais. "Ne poussez pas le bouchon, Docteur. Je veux que mon futur partenaire sache exactement à qui il a à faire. "

Le docteur avait le sourire, chose rare venant d'un Prillon, surtout à la Colonie.

"Vos désirs sont des ordres, ma Dame. "

"Je ne suis pas une Dame. "

Il esquissait toujours un sourire, mais bouche fermée. Je le confirmais, c'était un Prillon intelligent.

"Fais-le tourner en bourrique, Niobé ! Qu'il te supplie à genoux. " Kira riait, les mains sur les hanches. Le docteur se tourna vers elle, il ne l'encourageait vraisemblablement pas dans ce sens mais je l'ignorai et lui rendis son sourire.

"J'y compte bien." Supplier. Titiller. Séduire. Me faire

pourchasser dans la forêt.

Mon vagin se contractait au souvenir du rêve. Bon sang, j'avais trop hâte.

"Pas de bêtises !" lança Rachel au bas des escaliers menant à la plateforme surélevée.

"Je te donne trois jours, je t'appellerai pour connaître les détails. *Tous* les détails." Kira haussa les sourcils en rigolant, je lui jetai un regard noir.

"Marché conclu." J'aurais pas mal de *détails* à lui fournir. Je m'adressai de nouveau au docteur. "Je pars où exactement ? Sur Everis ?"

Il leva brièvement les yeux et retourna à son pupitre de contrôle. "Non, Vice-Amiral. Le chasseur d'élite Quinn se trouve actuellement à bord du Cuirassé Karter dans le Secteur 437. D'après les dossiers de la Coalition, il dirige les patrouilles de reconnaissance de la Ruche depuis une base souterraine sur Latiri 4."

Le Karter ? Secteur 437 ? Le docteur m'envoyait en pleine zone de combat. Je le savais. Et Kira aussi apparemment.

"Oh mon dieu. En plein sur la ligne de front." Son regard passait de moi au Docteur Surnen. "Tu *devrais* peut-être attendre. Il n'est même pas sur le cuirassé, Niobé. Il est au sol."

*Le chasseur d'élite Quinn.*

Joli nom. Quinn. Mon esprit se mit à vagabonder. Un chasseur d'élite. Il devait être fort. Rapide. Peut-être aussi rapide que le guerrier qui me pourchassait dans mon rêve ...

"Niobé, non. T'es pas sérieuse. Tu devrais attendre."

J'étais tellement occupée à imaginer Quinn que je mis un moment avant d'enregistrer ce que Kira venait de dire. "Attendre. Il est au sol ? Vous venez de dire qu'il était à bord du Cuirassé Karter."

Le Docteur Surnen s'éclaircit la gorge, regarda sa tablette puis moi. "Je ne suis normalement pas censé vous le dire, ni vous transporter sur le lieu exact mais je vois que vous avez l'accord des Renseignements."

"Effectivement." Je savais ce qui se passait avec cette guerre. Pas dans les moindres détails, mais tout de même. Je travaillais en étroite collaboration avec le service des Renseignements, et ce, depuis des années.

Il poussa un soupir. "Le chasseur d'élite Quinn effectue actuellement une opération de reconnaissance avec une patrouille de chasseurs auprès de la Ruche. Son bataillon stationne dans un entrepôt souterrain derrière les lignes ennemies."

"Pardon ?" Mon mari se trouvait sur le territoire de la Ruche ?

"Les combats pour Latiri 4 et Latiri 7 sont décisifs dans cette guerre. Ces deux planètes et leurs lunes sont parfaitement placées pour servir de base d'attaque aux différents secteurs de l'espace. La Ruche ne compte pas les lâcher, et nous non plus d'ailleurs."

Je le savais. Nous avions suivi les traces de la Ruche et avions commencé à construire des bâtiments souterrains dans le seul but de leur permettre de prendre possession du territoire. Une fois bien installés en surface, sans se douter que nos équipes de reconnaissance étaient sous leurs pieds, nous avions recueilli d'importantes données concernant leurs déplacements, leurs plans et innovations technologiques. J'avais lu un rapport des Renseignements sur de nouveaux programmes souterrains voilà quelques mois. Mais entre lire un rapport et être téléportée dans une forteresse souterraine en plein territoire contrôlé par la Ruche, il y avait une grande différence.

Kira et le docteur me regardaient. Je voulais vraiment attendre ?

Non. Pas vraiment. Mais je n'étais pas non plus stupide.

"La base est sûre ?"

Le docteur consulta de nouveau sa tablette. "Je suis certain que vos sources sont meilleures que les miennes mais au vu du dossier, oui."

Je pris le temps d'assimiler l'information. "Quinn est assigné pendant combien de temps sur cette base ?"

Il poussa un long et profond soupir, je subodorais que sa réponse risquait de me déplaire. "Indéfiniment. Les unités de chasseurs non rien de comparable avec les unités de la Flotte de la Coalition, tant que ça leur convient. Il peut partir demain ou rester là-bas des années. Il n'y a rien de définitif. La décision revient au chasseur d'élite chargé de son bataillon, à son allégeance envers Everis."

Oui, je pouvais retourner à l'Académie et attendre. Ou monter sur la plateforme et partir vers de folles aventures.

Un frisson d'excitation me parcourut. Je n'avais pas combattu depuis des années mais l'idée ne m'effrayait pas. Ce qui me foutait une putain de trouille c'était de retourner dans mon bureau spartiate à l'Académie et continuer de regarder par cette putain de fenêtre un jour de plus. Oui, j'avais une mission importante. J'entraînais des combattants. J'en faisais des combattants d'élite. Je sauvais des vies. De temps en temps, les Renseignements m'envoyaient en mission. Mais depuis quelques temps, il s'agissait plus de diplomatie et de petits jeux d'espionnage que d'une guerre ouverte. Rester scotchée à mon bureau me gonflait copieusement.

À la base, mon job consistait à entraîner de nouveaux guerriers, à m'assurer qu'ils sachent quoi faire lorsqu'ils affronteraient la Ruche. Mais j'en avais marre. J'étais seule. Quelques jours bien excitants et du sexe pur et dur ne me feraient pas de mal.

"J'ai passé plus de dix ans en mission de reconnaissance avant d'être promue et d'intégrer l'Académie. La sale besogne ne me fait pas peur, Kira."

Kira faisait partie des Renseignements. Elle et son mari, un seigneur de guerre Atlan, y bossaient toujours. Elle me connaissait par cœur et savais que j'en étais convaincue. "Je sais." Elle ne mentionna pas le terme Renseignements à voix haute, cela aurait été contraire au protocole, mais son regard en disait long. "C'est pas la sale besogne qui m'inquiète."

Rachel éclata de rire lorsque les vibrations de la plateforme de transport ébranlèrent mes pieds. Une seconde plus tard, les poils de mes bras se hérissaient.

"La téléportation débutera dans trois ... deux ... un."

Mes deux amies avaient disparu, je me retrouvai sur la plateforme de transport.

Pas sur la Colonie. Sur Latiri 4.

Au lieu d'être accueillie par mon chasseur d'élite, je me retrouvai face à un trio de la Ruche, aussi choqué que moi. Que se passait-il ici à la fin ?

Tous trois levèrent leurs armes en chœur, trois anciens guerriers Vikens recouverts de la technologie de la Ruche. Leurs regards ne dégageaient aucune chaleur. Aucune âme. Ils étaient bel et bien morts. Intégrés.

Oh merde. Le Docteur Surnen aurait dû mettre son logiciel à jour.

Je n'avais pas atterri sur une base contrôlée par la Coalition.

Mais dans l'enfer de la Ruche ...

# 3

 uinn, Latiri 4, Base d'Intégration de la Ruche, Secteur 437

Les vibrations de la plateforme de transport tambourinaient dans ma tête, ma joue se pressait sur le sol dur et froid de ma cellule. Il ne faisait aucun doute que d'autres prisonniers arriveraient bientôt en enfer, encore d'autres guerriers que je ne pourrais pas sauver.

Bordel, je n'arrivais même pas à me sauver moi-même.

La dernière injection faite par ce connard de Nexus brûlait comme de l'acide.

Pire encore, je les *entendais* maintenant dans mon cerveau, on aurait dit le vrombissement constant d'insectes dans les arbres d'Everis. Vrombissement. Bourdonnement. Ronronnement. Le bruit était constant. La migraine me faisait serrer les dents d'agacement. Je n'arrêtais pas de lutter contre ce bruit, peu importe que ça me fasse un mal de chien. Si j'abandonnais, ils auraient ma peau, plutôt mourir.

Le trio de la Ruche courait sur la plateforme de transport, se déplaçant tels des clones silencieux en un ballet parfait. Voir des guerriers de la Coalition complètement intégrés, transformés en machines sans cœur était extrêmement douloureux, mais pas aussi atroce que l'idée de terminer exactement comme eux.

Vide.

Abruti.

Une arme que le Nexus pointerait contre mes camarades guerriers.

Cette base avait été édifiée pour être un bastion de la Coalition. Latiri 4 et Latiri 7, toutes deux dans le Secteur 437 et placées sous la protection du Commandant Karter, étaient sur le front depuis fort longtemps. Des années. Ce secteur de l'espace était crucial pour le transport des biens, une plaque tournante donnant accès à plusieurs planètes inhabitées.

La Flotte de la Coalition ne pouvait pas se permettre de perdre le contrôle de cette zone de l'espace. Cette base souterraine avait été construite en secret lorsque ce territoire était encore le nôtre.

Et puis—on le leur avait cédé. On avait fait en sorte qu'ils s'en emparent. On avait fait croire à la Ruche qu'ils avaient conquis notre planète et pris le contrôle de notre territoire.

En vérité. Tout cela n'était qu'un piège pour récupérer leur technologie derrière les lignes ennemies. Cette base servait à espionner les opérations de la Ruche depuis près d'un an désormais. Le savoir que nous avions acquis commençait à nous être profitable.

Il y a une semaine, nous étions tombés dans une embuscade, nous nous étions retrouvés dépassés par des soldats et clones de la Ruche. Capturés par les Unités d'Intégration, la torture, la mort et l'intégration de mes amis et camarades guerriers avait alors commencé.

Le Nexus était arrivé le deuxième jour. Sa présence marquait la fin de mon commandement au sein des chasseurs d'élite. Nous avions été séparés. Traitement spécial. Les injections faites par la Ruche n'étaient pas visibles de l'extérieur.

Mais je sentais ce que cela me faisait à l'intérieur. La technologie microscopique envahissait mes cellules tel un virus, s'engouffrant dans la brèche. Les réparaient. Me métamorphosaient en *autre chose*.

Je les regardais transformer notre sanctuaire secret en unité de production de soldats de la Ruche, je me demandais pourquoi personne ne venait à notre secours.

Le Cuirassé Karter ignorait donc ce qui se passait ici ? Nous étions tenus d'envoyer des rapports quotidiens à la Coalition et je croupissais dans cette cellule depuis au moins huit jours.

Je clignai lentement des yeux alors que les vibrations de la plateforme de transport s'arrêtèrent. Le trio de clones Viken se figea tandis que je regardais, ils levèrent leurs armes en chœur pour affronter quelque chose que je ne pouvais voir.

Je pris appui sur mes mains et mes genoux, me servant du mur pour me tenir droit, ignorant la douleur vrillant mes muscles et mes jambes. Je savais d'expérience que la douleur s'estomperait une fois debout.

"Nous n'avons pas donné notre feu vert pour ta téléportation, femme. Où sont tes gardes ?" Le chef du trio parlait lentement et clairement, comme s'il avait besoin de quelques minutes pour se rendre effectivement compte de sa présence. Il avait bien dit *femme* ? Qu'est-ce qu'une femme foutait ici, bordel ? On dénombrait plusieurs femmes combattantes mais on les envoyait ailleurs lors d'une capture. Je supposais du moins, je n'en avais jamais vu arriver en salle de transport. Ni en ressortir d'ailleurs, le lavage de cerveau effectué, leurs organismes totalement intégrés, prêtes à combattre ceux qui avaient été leurs amis et alliés voilà encore quelques jours.

Je me déplaçai aussi vite que le champ magnétique me le permit et me figeai. J'écoutai. Le champ magnétique était tel qu'il serait en mesure de retenir un Atlan en mode bête. J'étais bien placé pour le savoir ; je m'étais jeté dessus de tout mon poids à plusieurs reprises pour essayer de me libérer. Je n'étais pas encore prêt à le franchir mais pouvais m'y préparer. Il y avait du nouveau. Quelque chose de ... différent, d'étranger au ronronnement dans mon crâne. Tout ce qui pouvait contrarier les plans de la Ruche était bon à prendre.

J'attendais que la femme inconnue réponde, tout comme les trois clones de la Ruche côte à côte dans la salle de transport.

En guise de réponse, un pistolet laser fit rapidement feu, les prenant tous trois de court. Les avait-elle tués ? Un éclaireur envoyé par le Cuirassé Karter ? La première percée d'une équipe de reconnaissance ? L'espoir me donnait le vertige.

Quelques secondes plus tard, une femme arborant une étrange armure se précipita derrière le pupitre de commande à une telle vitesse que je dus me concentrer pour suivre ses mouvements. Je la contemplais bouche bée.

Elle était superbe. Ses longs cheveux noirs tombaient dans son dos, je n'avais jamais vu ça. Son armure moulait le moindre centimètre carré de son corps telle une seconde peau, son insigne me choqua.

Un vice-amiral ? Seule ?

C'était une plaisanterie ?

Qui était cette femme ? Et que faisait-elle ici ?

"Hé ! Par ici !" hurlai-je, je poussais un soupir de soulagement lorsqu'elle tourna la tête. Elle se tourna vers moi, j'arrêtai de respirer, toutes les cellules de mon corps réagir devant cette femme. Son regard brun pénétrant me fit l'effet d'un uppercut, toute la souffrance des derniers jours s'évanouit comme par enchantement. L'intégration, la torture, plus rien n'avait d'importance. *Elle* seule importait. Je devais survivre, non pas pour combattre, mais pour *la* posséder. La pénétrer avec ma grosse bite, la posséder, la faire hurler de plaisir. Je n'étais pas du genre à croire au coup de foudre ou aux protocoles de recrutement. Je me fichais de la marque que j'avais dans la paume de la main. J'avais déjà vu des Everiens trouver la femme de leur vie et constater l'intense connexion qu'ils partageaient, mais j'étais loin de me douter que ça m'arriverait un jour.

Ma marque ne me brûlait pas, ne se réveillait pas. Ce n'était pas la femme de ma vie. Ça n'avait rien de surprenant. Les probabilités de rencontrer une femme porteuse de la marque était inférieure à un pour cent. La majeure partie des Everiens choisissaient leurs partenaires comme sur n'importe quelle autre planète, attirance, respect, compatibilité.

Le désir. Ce lien intangible entre amants. Cette femme n'était peut-être pas la femme de ma vie ... mais elle serait bientôt mienne.

J'avais passé le test il y a fort longtemps. Tous les jours, j'avais attendu qu'une Épouse Interstellaire me prouve que j'avais eu raison. La femme parfaite n'existait pas. Du moins pas pour moi.

Jusqu'à ce que je la voie. Putain. *Elle.*

Je m'attendais à ce qu'elle se précipite sur ma cellule et me libère. Mais elle pencha la tête, elle écoutait, comme moi —d'autres combattants de la Ruche couraient dans les couloirs pour l'attraper. Était-elle Everienne ? Humaine ? Viken ? Certainement pas Atlan. J'étais incapable de le dire. Je devais la toucher. Sentir sa peau. Mais ce putain de champ magnétique m'en empêchait.

Elle pivota en direction du pupitre de commandes.

"Attention. Ils arrivent !" Je fermai les yeux et comptai les pas. "Encore trois. Lourds." Les pieds qui martelaient le sol se faisaient de plus en plus pesants, le bruit s'attardait, comme si des silhouettes plus grandes et plus lentes se dirigeaient vers nous. Il devait s'agir de Prillons ou d'Atlans intégrés en machines de guerre de la Ruche. Je savais que l'ennemi préférait garder ses guerriers les plus dangereux dans le périmètre, mais les prisonniers Atlans se trouvaient également à cet étage, seule une bête pouvait en vaincre une autre. Les guerriers plus rapides et plus légers se trouvaient au niveau supérieur, ou surveillaient les ponts d'atterrissage. Ils ne s'attendaient pas à ce qu'une base souterraine soit attaquée. Moi non plus d'ailleurs.

S'agissait-il d'une attaque ? En général, les femmes étaient moins promptes à réagir. Sauf qu'elle *venait* tout juste de dégommer trois guerriers avant qu'ils aient eu le temps de lever le petit doigt.

La Ruche avait commis une grave erreur en se croyant

en sécurité ici. Tout comme nous. Je leur rendrais la vie infernale si j'arrivais à sortir de cette cellule.

La femme m'ignorant, je me mis à crier. "Par ici ! Désactivez le champ magnétique de ma cellule ! Je peux vous aider ! "

Je finis par attirer son attention. Elle se pencha et s'empara du pistolet laser des mains d'un cadavre du trio de la Ruche. Un Viken intégré. Elle courut et s'arrêta un instant afin d'atomiser le boîtier de commandes situé près de ma cellule. Le champ magnétique s'évanouit instantanément, je fonçai et lui pris le pistolet laser des mains.

"Qu'est-ce qui se passe ici ! Je croyais cette base sous contrôle de la Coalition."

"C'était le cas jusqu'à il y a une semaine. La Ruche est arrivée et a pris le contrôle. Nous n'avons pas été prévenus. Nous pensions être en sécurité sous terre."

"Vous êtes nombreux ? Il y a d'autres prisonniers ?" demanda-t-elle sans me regarder. Elle surveillait le couloir, je savais que d'ici cinq secondes, trois autres soldats de la Ruche apparaîtraient. Encore plus grands. Encore plus costauds.

"Beaucoup ont été transportés ici. Je les ai tous vus, mais j'ignore s'il en reste de vivants et combien."

J'écoutais de nouveau. Au jugé, je pensais à un Atlan et deux guerriers Prillons. Merde. On ne risquait pas de les dégommer d'un simple coup de pistolet laser. Non, ils seraient beaucoup plus difficiles à abattre.

Quelque chose dans ma voix attira son attention puisqu'elle tourna de nouveau ses yeux bruns sur moi, empreints d'une certaine tristesse ou de pitié. Je n'aurais su dire mais je ne voulais ni de l'une ni de l'autre.

"Planquez-vous. Je m'en occupe." Je n'avais nul besoin de

pitié. Désormais libre et armé, cette saloperie de vrombissement qui me squattait la tête pouvait aller se faire foutre.

"On en aura trois aux fesses d'ici quelques secondes. L'un d'entre eux est un ... était un Atlan."

"Je sais."

Elle savait ? Comment ? Elle les entendait aussi ?

Elle ne me regardait plus. Elle fit comme je le lui avais suggéré et se planqua dans l'angle, son épaule et son pistolet laser uniques cibles potentielles de la Ruche.

Elle plissa les yeux et visa.

Bon sang elle était splendide. Comment diable avait-elle fait pour différencier les pas pesants des Atlans intégrés ? Moi je savais, j'avais les sens aiguisés des Chasseurs. Elle n'était pas chasseur d'élite. J'ignorais qui elle était, hormis qu'elle était belle—je jetai un œil en direction des trois Vikens morts de la Ruche gisants derrière elle—et carrément mortelle. Efficace. Impitoyable.

"Qui êtes-vous ?"

Je ne pus m'empêcher de lui poser la question, tandis que nous attendions l'ennemi. Elle était mystérieuse. Une énigme totale que je comptais bien résoudre. "Comment êtes-vous arrivée ici ?"

Par téléportation, évidemment. Comment s'était-elle procuré les coordonnées ? Comment connaissait-elle ce centre d'intégration secret de la Ruche ?

Cette femme agaçante ignora bien évidemment mes questions.

Elle me lança un regard noir. "Vous comptez rester planté là histoire de vous faire tirer dessus ou m'aider à nous sortir de là ?"

Je reconnaissais son langage terrien si particulier. Une humaine ? Dans l'affirmative, comment avait-elle pu entendre les soldats intégrés arriver ? Ou savoir que l'un d'eux était un Atlan ? Les humains étaient réputés pour leur ténacité et leur courage, non pour leurs sens particulièrement développés.

"Planquez-vous, guerrier. Tout de suite."

Sa voix—celle d'un commandant habitué à être obéi—n'était pas un ton que l'on entendait chez une femme habituellement, et encore moins chez une femme aussi petite et jolie qu'elle. Sa planète d'origine importait peu. Je bandais, ici, au beau milieu de ce putain de centre d'intégration. Ma bite se fichait qu'on soit bientôt terrassés par l'ennemi. J'avais envie d'elle. De son côté autoritaire. Oh, ça me faisait quelque chose. Peut-être que mon côté chasseur me poussait à lui montrer qui était le maître ici. Pas sur le champ, mais elle comprendrait qui commandait dès que j'aurais débarrassé son corps sublime de cet uniforme.

Je souris. Oh oui. J'étais un chasseur, elle ne tarderait pas à découvrir qu'elle était ma proie.

Un rugissement ébranla le corridor, l'Atlan intégré en mode bête nous donnait un avertissement. Le problème avec les Atlans, c'est que je ne savais jamais s'ils étaient soumis au bon vouloir des implants de la Ruche ou s'ils combattaient. Ils faisaient parfois exprès de laisser du temps à une équipe de reconnaissance ou à un guerrier sur le champ de bataille pour mieux les rattraper.

Mieux valait alors mourir vite.

Je me plaçai de façon à protéger cette femme et vérifiai la batterie de mon arme. Elle était chargée à bloc, le pistolet laser provoquerait un maximum de dégâts. "Je vais les retenir. Vous savez faire fonctionner le pupitre des commandes de transport ?"

Elle jeta un œil derrière son épaule, visiblement agacée,

lèvres pincées. "Occupez-vous d'eux, je me charge de nous sortir de là. On reviendra s'occuper des autres prisonniers."

"Ça roule."

Elle se retourna et fit dos au mur, tandis que je poursuivais ma route vers le corridor. "Comment vous vous appelez ?" demanda-t-elle.

"Quinn."

Elle cligna doucement des yeux, comme étonnée, et examina mon visage avec un vif intérêt. Plus qu'un simple instinct de combattant. "Vous êtes un Everien ? Un chasseur d'élite ?"

J'acquiesçai. "Affirmatif." Elle avait l'air d'en savoir long. C'était pour le moins inhabituel. La plupart des extraterrestres que j'avais rencontrées originaires de Terre connaissaient à peine l'existence de cette planète.

"Très bien. Vous êtes donc en mesure de m'en débarrasser."

C'était à mon tour d'être agacé. "Évidemment."

Elle souriait d'un air malicieux qui me donnait envie de l'embrasser. Putain. Qu'est-ce qui me prenait à la fin, j'avais envie de la plaquer contre le mur et de la pénétrer jusqu'à la garde. Ça attendrait qu'on se tire de ce trou. J'aurais raison de son effronterie. Elle pousserait bientôt des cris et gémissements de plaisir.

Elle se précipita sur le pupitre de commandes sans un mot, je retournai dans le corridor tandis que le premier assaillant se pointait. La bête Atlan intégrée était droit devant moi. Les plafonds de cette base faisaient trois mètres de haut, il devait se baisser, par crainte de se cogner la tête.

Ça ne risquait pas, à moins qu'il prenne son élan pour attaquer.

Je fis feu non-stop, jusqu'à ce que la bête soit à genoux.

Semblables à de l'eau glissant autour d'un rocher, les deux autres avancèrent en se plaçant devant lui. Des guerriers Prillons, ou ce qu'il en restait du moins. Ils étaient le cadet de mes soucis. Je les abattis en deux coups de feu, ils se contorsionnaient par terre pendant que l'Atlan essayait de se relever.

"Dépêchez-vous," hurlai-je. "La bête repasse à l'attaque."

"J'y travaille." La femme était penchée sur le pupitre de commandes, ses doigts voletaient à toute vitesse. La concentration se lisant sur son visage était une autre facette fascinante de son répertoire, mais je n'avais pas le temps d'en profiter comme je l'aurais voulu. Je gardais cette image pour plus tard dans un coin de ma tête, j'aurais peut-être l'occasion d'effleurer ses lèvres du bout des doigts et de voir son expression changer à mon contact.

"Nous. Tuer." L'Atlan intégré était en mode bête et apparemment, il—ils—le trio de la Ruche avait reçu l'ordre de me tuer. Et *elle* aussi par la même occasion.

"Pas aujourd'hui." Je tirai en prenant tout mon temps, touchant les points vulnérables de l'armure de la bête. Son cou. Ses genoux. Je réservai mon prochain coup pour son visage.

Je réprimai un cri de victoire en entendant son casque se fendiller. Je le regardai le retirer et s'en débarrasser.

Bon sang, il était immense.

Je ne voulais pas le tuer, non. Un coup dans la tête et c'en serait fini de lui mais je le connaissais. J'avais travaillé avec lui ces derniers mois. Avant sa capture. Je ne l'avais pas revu depuis l'invasion de cette base par la Ruche. Jusqu'à aujourd'hui. Jusqu'à ce qu'il soit assez intégré pour être sous leur contrôle total. Pour se battre, et essayer de me tuer.

C'était un homme bon. Honorable. Un vrai guerrier.

"Putain, Zan."

Je m'attelai au réglage de mon laser, espérant que le niveau le plus faible le mettrait k.o. sans le tuer. Les guerriers Prillons que j'avais tués ne provenaient pas de cette base. Ils n'avaient pas été intégrés récemment, comme cet Atlan. Ils étaient convertis depuis longtemps, complètement lobotomisés, leur corps étaient des coquilles vides, si intégrés qu'ils étaient désormais des soldats de la Ruche à part entière. Des ennemis. J'avais appris que la Ruche comptait conquérir ces deux espèces, des soldats de valeur comme ces deux Prillons et des Atlans, afin de contrôler leurs bêtes.

Aucun risque avec les guerriers Prillons intégrés. Zan me fonçait dessus, complètement hors de lui.

Merde.

Je levai mon arme, visai et tirai.

Sa tête partit en arrière et il s'abattit comme un arbre coupé. Je me ruai sur lui pour prendre son pouls.

Il respirait toujours. Parfait. J'avais réussi à assommer la bête.

Je m'arrêtai pour écouter, la femme pestait tandis que d'autres bruits de pas venaient dans notre direction. Elle les entendait visiblement. Ils étaient probablement à deux corridors du nôtre mais nous n'avions que quelques minutes. Trois tout au plus. Ils étaient nombreux. *Beaucoup* plus nombreux.

L'Atlan était immense mais avait besoin d'aide. Je ne pouvais pas le laisser ici s'il avait une chance de survivre, même sur la Colonie.

Je l'attrapai comme je pus et le tirai par la jambe jusque dans la salle de transport. Les trois techniciens chargés du transport gisaient par terre, morts. Ignorés de tous. La femme leva les yeux de son pupitre de commandes et regarda l'Atlan en fronçant les sourcils.

"C'est un ami." Zan était un guerrier respectable, je n'allais pas l'abandonner. On ne s'en sortirait pas si ce connard bleu réussissait à venir jusqu'ici. "Sortez-nous de là avant que le Nexus se pointe. Zan n'a aucune chance contre lui s'il se réveille."

Elle se figea net. " Cette base abrite un Nexus ?"

"Oui." J'ignorais pourquoi ou comment elle connaissait l'existence des Nexus, l'information était connue des seuls commandants des forces opérationnelles, mais j'étais trop occupé à me débattre et à placer la bête gigantesque dans la bonne position pour poser la question.

"On a des problèmes plus graves que ça. Transport en approche, impossible de prendre les commandes en main. C'est trop tard."

Je lâchai la jambe de Zan, le laissai assommé vautré par terre. Il ne restait plus beaucoup de place pour bouger, il prenait quasiment tout l'espace, sans compter les corps des techniciens chargés des transports. Je me retournai vers la plateforme. Un vrombissement emplit l'air, des vibrations ébranlèrent mes pieds. "Des amis ?"

"Non. Je ne crois pas." Elle s'empara des armes des techniciens morts et m'en lança une. Je vérifiai les réglages et l'armai. Mieux valait disposer de deux armes plutôt qu'une . "D'autres combattants de la Coalition arrivent ... des prisonniers à intégrer."

Elle arma son propre pistolet laser et s'agenouilla, nous avions désormais tous les deux une arme dans chaque main. Elle se servait du pupitre de commandes pour se mettre à couvert. Elle attendait.

"Combien ?" demandai-je.

"Sept."

Putain. Ça faisait beaucoup s'ils étaient tous de la Ruche. "La Ruche fonctionne par trois. Toujours. Ils sont hyper soudés. Ils ne constituent pas deux groupes pour un prisonnier. Il y aura trois gardes pour quatre prisonniers. Plusieurs fois par jour. Je suis au courant." Je ne le savais malheureusement que trop bien.

Elle hocha la tête sans regarder dans ma direction. Je me focalisai sur la plateforme, sept silhouettes venaient de se matérialiser.

Distinguer les soldats de la Ruche et de la Coalition était facile. Viser. Tirer. Tuer. Comme je me l'étais imaginé, les trois gardes de la Ruche ne s'attendaient pas à tomber dans une embuscade dans leur propre repaire. Les prisonniers ne s'échappaient pas. Ne se battaient pas.

Mais moi oui. Et elle ... aussi. Elle en abattit deux aussi rapidement que j'en tuai un. Elle était magnifique. Putain, je ne connaissais même pas son nom.

Les quatre combattants de la Coalition tombèrent à genoux et baissèrent la tête pour se protéger. Ils ne savaient rien faire d'autre hormis ce pour quoi ils avaient été entraînés. Ils n'avaient pas d'armes. Ils étaient attachés.

Ce fut l'affaire de quelques secondes. Les gardes étaient morts. Les prisonniers relevèrent la tête pour se rendre compte d'où ils étaient et comprendre ce qui venait de se passer.

"On est où, bordel ?" demanda un Prillon, il venait probablement de s'apercevoir qu'il avait atterri sur une plateforme de la Coalition.

"Latiri 4. Je vous expliquerai plus tard. Mettez l'Atlan sur la plateforme. On dégage," ordonna-t-elle.

Elle ne me calculait même pas, elle s'attendait à ce que

je m'exécute tandis que ses doigts volaient au-dessus du pupitre. Maudit soit cette femme, j'avais envie d'elle, je voulais qu'elle se plie à mes désirs, je voulais conquérir son corps et son âme. Mais le moment et le lieu étaient toutefois mal choisis pour discuter. Elle avait raison qui plus est.

Je m'emparai d'une clé électronique située sur la hanche du Viken mort intégré le plus proche et me dépêchai de rejoindre les quatre prisonniers venant à ma rencontre. Ils ne perdirent pas de temps, je défis leurs liens. Le plus proche, un farouche guerrier Prillon que les autres semblaient redouter, fit signe aux trois autres de s'approcher de l'Atlan.

"Vous avez entendu les ordres, hissez cet Atlan sur la plateforme."

La femme derrière le pupitre leva les yeux. "Contente de te revoir, Prax. Ça fait un bail."

Prax, le Capitaine Prillon, lui souriait. Elle lui rendit son sourire, arborant une toute autre expression qui ne m'était pas destinée. Je clignai des yeux en essayant de ne pas la dévisager. Merde alors, elle était sacrément belle. Qui était-elle, pourquoi ce Prillon la connaissait *et* suivait ses ordres sans piper mot ? Le Prillon arborait le grade de capitaine, il connaissait sans nul doute la situation. Ces deux-là se connaissaient vraisemblablement, mais comment ?

C'était sa femme ? Sa partenaire ? Il avait des vues sur ma femme ?

Ma femme. Cette idée me vint subitement à l'esprit tandis que je donnais mon pistolet laser à ce capitaine Prillon inconnu et aidais à hisser l'immense Atlan sur la plateforme.

Nous avions travaillé en équipe pour l'installer dessus. Cinq grands combattants avaient eu du mal avec la bête. Une fois paré pour le transport, je tendis mon arme à l'un des autres combattants et me déplaçai auprès de la femme. Je pris son arme, la lançai à un troisième guerrier et posai le petit pistolet laser à portée de main au-dessus du pupitre de commandes.

Les guerriers se postèrent en position défensive autour de l'Atlan inconscient, je me plaçai entre ma femme et la porte ouverte. J'entendais la Ruche arriver, je savais que les prisonniers combattraient jusqu'à la mort, plus qu'heureux de pouvoir se venger en tuant les soldats de la Ruche.

"Vous pouvez nous tirer de là ?" demandai-je. Elle s'escrimait sur le pupitre de commandes avec ses petites mains agiles, depuis un temps qui me paraissait infini.

"Oui. Mais je verrouille d'abord l'intégralité de la base."

Pardon ?

"Comment ?"

Elle s'adressait au pupitre de commandes sans me regarder. "Enclenchez le Protocole de Fermeture. Code d'Activation ..." Elle débita ces quelques mots dans le langage de Prillon Prime et attendit. Il y eut un bip, elle poussa un soupir de soulagement. "Ils n'ont pas accès aux commandes principales. Mes codes d'accès sont toujours valides."

Que s'était-il passé ? Personne ne pouvait verrouiller une base entièrement. C'était inconcevable. "C'est impossible."

"Je dispose du grade Niveau Deux en termes de code secret, Chasseur. Personne n'entrera ni ne sortira de cette base sans ma permission. C'est terminé." Elle me jeta un coup d'œil et s'éloigna du pupitre de commandes pour rejoindre le Capitaine Prillon. Je m'éloignai de la porte et me rapprochai un peu, je n'aimais pas la voir collée à ce guerrier, il était temps de quitter cet enfer.

Des codes d'activation Niveau 2 ?

Le niveau 1 était réservé au Prime Nial, le chef de toute la Flotte de la Coalition, le dirigeant de la Coalition des Planètes. Il contrôlait tout. Si elle disait vrai, seul le Prime pourrait déverrouiller cette base.

Les commandants des cuirassés, comme le Commandant Karter, n'avaient que des codes Niveau Quatre. Les miens étaient Niveau Cinq.

Merde. C'était qui ?

"Allons-y. " Le Capitaine Prax se dandinait. "Je dois regrouper mes hommes. "

Je n'eus pas le courage de lui dire qu'en tant que soldats intégrés, ils étaient certainement prisonniers des cellules au fin fond de la base. Anéantis.

La femme sauta sur la plateforme, le Capitaine Prillon se plaça entre elle et le couloir dans une posture défensive, pas uniquement celle d'un guerrier protégeant une femme sans défense. Il savait. Il la respectait.

*Qui* était-ce ? Elle était des Renseignements ? Je ne connaissais pas de combattants détenant des codes d'activation. À moins qu'elle n'ait été victime d'un incident et qu'un technicien chargé du transport l'ait accidentellement envoyée au mauvais endroit.

Oui, non. Elle était trop intelligente, trop rapide et brillante pour ça. Si elle était arrivée ici par hasard, le technicien affecté aux transports risquerait probablement de croupir dans les geôles de la Coalition.

Je sentis les vibrations, entendis le bourdonnement.

"Tout le monde est prêt ?" demanda-t-elle en jetant un coup d'œil sur nous six sur la plateforme. Les prisonniers étaient arrivés depuis une minute à peine, on les renvoyait déjà. La chance.

Une veine de cocu. Ainsi que le gigantesque Atlan gisant au sol.

"Putain, oui", dis-je. Les autres criaient et manifestaient leur approbation. Ils avaient été vaincus, mais la chance avait tourné. On se barrait d'ici.

J'entendis le martèlement des pieds grâce à mes sens de Chasseur. "En approche".

Elle hocha la tête, elle me croyait ou les entendait également. Ce n'était pas le moment de poser des questions.

"Cinq secondes", dit-elle.

Je me plaçai rapidement à ses côtés et levai son menton pour qu'elle me regarde. Je pris une de ses cinq précieuses secondes pour qu'elle me regarde enfin.

"Qui êtes-vous ?" demandai-je. Les poils de mon corps se hérissaient en vue du transport imminent.

Trois secondes.

Deux secondes. Les soldats de la Ruche pénétrèrent dans la pièce. Je repérai leurs armes d'un œil. Les autres guerriers firent feu mais je m'en fichais. Je n'avais d'yeux que pour elle. La femme qui m'avait sauvé la vie et celle de six guerriers.

"Ta femme. "

Une seconde.

Décollage. Nous quittions l'enfer de la Ruche et serions bientôt en sécurité. Moi et ma ...

*Femme.*

# 4

*Niobé, Cuirassé Karter, Secteur 437*

Je ne comptais pas le lui annoncer aussi sec.

*Ta femme.*

Ça ne me ressemblait pas vraiment. Je ne lui avais même pas dit comment je m'appelais.

*J'avais* atterri au beau milieu d'une Base d'Intégration de la Ruche - une Base d'Intégration *inconnue* censée nous appartenir - j'avais combattu pour sauver ma peau, et la sienne, sans réfléchir. Heureusement que je ne séparais jamais de mon arme. Que mon instinct et mes réflexes ne s'étaient pas émoussés à force de diriger l'Académie. Ça ferait bien rigoler mon chef du service des Renseignements.

L'un dans l'autre, mes années passées parmi les éclaireurs à bord d'un cuirassé s'étaient avérées payantes. J'avais retrouvé tous mes réflexes, comme si je n'étais jamais partie, sans parler des années passées le cul sur une chaise, à former les nouvelles recrues de la Coalition.

L'expression stupéfaite de l'officier chargé des transports à bord du vaisseau du Commandant Karter ne n'avait pas surprise outre mesure, lorsque sept combattants étaient arrivés sans autorisation ou organisation préalables. *J'avais* contourné le protocole qui imposait que nous prenions attache avec le cuirassé la plus proche, le plus loin de la Ruche possible, et dans un laps de temps incroyablement court.

J'aurais pu nous transporter n'importe où. L'Académie. Everis. Prillon Prime. Rien de tout cela n'avait de sens, vu ce que nous avions vécu et ce que nous savions.

Le Karter était idéal. Non seulement il était dans le même secteur que la base secrète de la Ruche, mais c'était le seul cuirassé à proximité capable de donner l'assaut contre la Ruche. Ils utilisaient *notre* base pour torturer et tuer *nos* guerriers, juste sous notre nez, plus vite on gérerait le problème, plus on sauverait de guerriers.

Que la Coalition ne soit pas au fait de l'invasion de la base par l'ennemi me mettait en rogne. Je connaissais le Commandant Karter, un Prillon dur à cuire. J'avais bossé avec lui et le Commandant Chloé Phan sur de nombreuses missions des Renseignements. J'étais convaincue que le Commandant Karter agirait vite et se montrerait sans pitié.

J'avais verrouillé cette base secrète et piégé tous les soldats de la Ruche restants comme des rats. Les codes de transport empêcheraient toute entrée ou sortie, à moins que je ne les autorise personnellement - ou que le Prime Nial shunte mes codes. Non. Rien ni personne n'entrerait ni ne sortirait de cette base avant que nous n'ayons suffisamment de guerriers pour faire place nette, sauver nos hommes et régler ce merdier.

Quinn ignorait combien d'hommes étaient encore présents, emprisonnés vivants par la Ruche. Comment pouvait-il connaître leur nombre exact puisqu'il croupissait dans une cellule fermée par un champ magnétique, la Ruche étant une bande de connards sans merci ? Nous devions y retourner. Je ne risquerais la vie d'aucun combattant dans cet enfer. Lui non plus, vu ce que la Ruche lui avait probablement fait subir. Qui sait quelles intégrations ou tortures il avait enduré et survécu.

Le guerrier situé derrière le pupitre de commandes nous regardait, bouche bée, puis il se reprit. Les vibrations cessèrent, mes cheveux ne crépitaient plus. "Qui êtes-vous ?" demanda-t-il. Stupéfait. Complètement déstabilisé. "Vous ne figurez pas sur ma liste de transport. " Il coula un regard en direction du Capitaine Prillon derrière moi, un cadet que j'avais formé voilà plusieurs années. Un bon guerrier, un homme d'honneur. "Capitaine Prax" ? C'est bien vous ? Vous êtes porté disparu sur Latiri 7. Comment avez-vous atterri ici ?"

Prax grommela tandis que l'Atlan à nos pieds commençait à s'agiter, il pointa son blaster vers le guerrier ayant repris sa forme initiale, il pesait aisément cent trente kilos et mesurait deux mètres dix. La bête avait totalement disparu. Nous ne connaissions pas l'étendue de ses intégrations. On ne savait même pas s'il pouvait être sauvé.

Je descendis les marches de la plateforme. "Vice-Amiral Niobé. Je dois voir le Commandant Karter et le Commandant Phan sur le champ. "

L'homme déplaça sa main rapidement afin de vérifier

mon identité, comme l'exigeait le protocole. J'attendais impatiemment en martelant le sol de la salle de transport avec mes bottes pendant que l'écran derrière réfléchissait ce qui apparaissait sur le pupitre de commandes. Mon visage apparut, ainsi que mes états de service et un emblème dans le coin supérieur, confirmant mon grade de Vice-Amiral - impossible de le manquer, il figurait sur mon uniforme - et mon statut de membre des Renseignements. L'homme me regarda de la tête aux pieds. "À vos ordres, Vice-Amiral. J'informe les Commandants de votre arrivée. "

"Parfait. " J'acquiesçai en essayant de ne pas faire cas du Chasseur derrière moi, mon *mari*, qui s'approchait. Trop près, comme tout mâle dominant. Très protecteur. Je m'écartai pour ne pas succomber. Son odeur, sa chaleur, son regard ... m'émoustillait. Mes tétons pointaient.

"Urgence médicale. " Je contemplai la plateforme. "J'ai un Atlan intégré ici et quatre prisonniers rescapés d'un Centre d'Intégration de la Ruche. Ils viennent d'arriver et n'ont pas subi d'intégrations à ma connaissance, ils ont besoin d'un examen médical approfondi au cas où. "

Le technicien m'adressa un signe de tête. "Bien, Vice-Amiral. "

Il restait planté là, à tous nous dévisager pendant de précieuses secondes, les prisonniers de guerre épuisés, le Chasseur Everien, l'Atlan inconscient bourré de technologie de la Ruche, et moi.

Je fronçai les sourcils. Je n'avais pas de temps à perdre. "Exécution".

Il bondit comme piqué par une guêpe, une équipe médicale en uniforme vert fit irruption dans la salle de transport au bout de quelques secondes. On injecta à l'Atlan un puissant sédatif pendant que les autres étaient emmenés au dispensaire. Le Capitaine Prax m'adressa un signe de tête, en guise de remerciement, pour me saluer ou autre chose. J'étais soulagée qu'il soit sain et sauf. Intact.

Je fis signe au médecin de rester d'un geste de la main, il acquiesça en attendant mes ordres. Un Everien du genre buté que je connaissais à peine avait besoin de soins. Je savais qu'il ne le permettrait pas, pas avant que je lui ai parlé. Lui annoncer que j'étais sa femme avant de le transporter dans un Cuirassé ? Ça rompait certes avec la tradition.

Je pivotai sur mes talons. Je savais que Quinn n'était pas parti avec les autres. Je le sentais me regarder, dévorer du regard. Intense. Sensuel. En manque.

"Combien de temps es-tu resté prisonnier ?" demandai-je. Je ne voulais pas savoir, mais j'avais tout de même posé la question. Mon cœur, dont je ne soupçonnais pas l'existence jusqu'alors, éprouvait quelque chose. Il avait été torturé pendant que j'étais à la Colonie avec Kira, Angh et les autres.

"J'ai perdu le compte. Une semaine. Peut-être plus. "

J'imaginai cela. Une base souterraine sans lumière ni fenêtres. Aucun repère pour s'orienter. Il s'approcha, leva sa main et effleura ma joue du bout des doigts, geste particulièrement tendre et lent pour un chasseur d'élite.

"Tu dis vrai ? Tu es ma femme ?" demanda-t-il doucement.

"Oui. " Il n'y avait aucune raison de renier notre union. "Et tu es mon mari. " Je voulais mettre ça au clair dès le départ. Je n'étais pas une femme douce et soumise. J'étais exigeante, c'était donnant-donnant. Si ce n'est plus.

"Bon sang. " Il se pencha vers moi et renifla mon cou pendant que je faisais signe au docteur d'approcher. "Comment tu t'appelles ?"

"Niobé".

Il répétait mon nom, me respirait. Ses mains se posèrent sur mes hanches, je vacillai, l'adrénaline et sa proximité immédiate me submergèrent pendant quelques secondes.

Stop. Il avait été torturé. Intégré. Il était blessé. Amaigri. Ses yeux cernés étaient la preuve de longues nuits sans sommeil. Ses lèvres pincées synonyme de douleur. Sans compter les tortures psychologiques qu'il avait endurées. "Tu dois aller au dispensaire, Quinn. "

"Je vais bien. Ça va aller. C'est de toi dont j'ai besoin, pas d'un docteur. "

Je ne pus m'empêcher de rire, à mon grand étonnement. Mon mari ne manquait pas de fougue. "J'étais sûre que tu répondrais ça. "

Ce qui attira son attention, il releva la tête et me dévisagea. "Niobé".

"Quinn. "

"J'ai envie de t'embrasser. "

Oh que oui. *M'embrasser*. Je fis un signe de tête au docteur derrière lui. "D'accord. Et ensuite tu vas au dispensaire. "

"T'es à moi", grogna-t-il.

Il écrasa ses lèvres sur les miennes avant que je puisse répondre, j'avais le souffle coupé, je perdais la raison. Son contact me mettait le diable au corps, je dus me faire violence pour faire signe au docteur de s'approcher, lui faire une piqûre, l'assommer.

C'était chose faite, Quinn s'écroula contre moi, nos

lèvres se touchaient encore. Il entrouvrit les yeux et soutint mon regard pendant que ses genoux se dérobaient. Il posa sa main dans son cou, à l'endroit de la piqûre. "Tu mérites une bonne fessée. "

J'éclatai de rire. Bon sang, il était charmant. Et hyper sexy. Personne ne m'avait jamais donné de fessée — ni enfant pour me punir, ni adulte pour jouer — Jamais. Mais avec Quinn ? Je mouillais.

Il devait d'abord passer un examen médical complet et un certain temps en caisson ReGen. Il devait guérir, comme tout extraterrestre de l'univers, il ne ferait pas exception à la règle, marié ou pas. C'était mon mari, je m'occuperai de lui, qu'il le veuille ou non. Fessée ou pas.

J'avais le sourire lorsque le médecin l'attrapa par derrière et que l'officier de transport vint m'aider à transporter mon mari au dispensaire. Il me sourit bien que sous sédatif, son organisme rendait les armes avant son esprit. Il me fixa de ses yeux ambrés, empreints d'un désir intense.

Je ne pouvais m'empêcher de le taquiner, c'était plus fort que moi.

"Des promesses, toujours des promesses. "

Il souriait tandis qu'on l'emportait. Je souriais bêtement, me repassant la scène en boucle, lorsque le commandant Karter pénétra dans la salle de transport.

"Vice-Amiral, " tonna-t-il. "Qu'est-ce qui se passe, bordel ? Comment êtes-vous montés à bord de mon Cuirassé ?"

---

Deux heures plus tard - Quinn – *Au dispensaire*

. . .

Je sus où j'étais avant même d'ouvrir les yeux, l'odeur familière du caisson ReGen faisait affluer des dizaines de souvenirs que je n'avais pas envie de revivre. C'était tout de même mieux que le piège de cette prison souterraine. J'étais nu, la puanteur du Nexus et ses tortures avaient disparu. Je me doutais que le médecin avait examiné les moindres cellules de mon organisme, à la recherche de la technologie de la Ruche, dans une tentative d'évaluer le danger potentiel que je représentais pour l'équipage.

Je me sentais différent. Le bourdonnement dans ma tête avait disparu, j'étais pleinement conscient, vivant comme jamais, à l'intérieur du caisson. Il y avait l'odeur de la solution antiseptique utilisée à bord des vaisseaux de la Coalition. La silhouette de ma femme non loin.

Ce n'était pas la première fois que je me réveillais dans un Caisson ReGen, mais c'était totalement différent cette fois-ci. *Elle* était là. Je la sentais, j'entendais battre son cœur, elle s'adressait au Commandant Karter, à l'extrémité du caisson.

Elle était restée à mes côtés, mon cœur battait à tout rompre. Ma femme n'était pas une femme ordinaire. Elle était vice-amiral de la Flotte de la Coalition et largement plus gradée que moi. Elle devait être humaine, Terrienne, vue son attitude et sa façon de parler ... quelque chose ne tournait pas rond.

Son odeur me rappelait Everis, elle était peut-être originaire de ma planète. Elle avait peut-être passé un certain temps à chasser sur Terre et adopté leurs coutumes et leur langue. Les Chasseurs d'Everis étaient passés maîtres dans l'art de se fondre dans la masse, d'imiter les accents, les manières, cette multitude de détails indescriptibles qui nous rendait *uniques*.

Si elle était Everienne, et non pas humaine, ses parents étaient donc des Chasseurs d'Elite ? Son père était-il célèbre ou inconnu sur ma planète ?

Non pas que son passé me préoccupe. Son passé importait peu, tant qu'elle était avec moi. Mais j'étais un prédateur à la curiosité insatiable, une curiosité qu'elle avait éveillée comme jamais. Je voulais tout savoir. Dans les moindres détails. De sa naissance jusqu'à aujourd'hui.

Elle m'appartenait.

Le couvercle transparent se souleva automatiquement, ma femme et le Commandant Karter s'approchèrent. Je me redressai et me passai la main sur le visage.

"Comment vous sentez-vous ?" demanda le Commandant.

Ma femme me reluquait. De la tête aux pieds. Je bandai illico.

"Donnez-lui de quoi se couvrir, " ordonna le Commandant en tendant le bras. Il pouvait constater que ma bite fonctionnait à merveille et ne tenait vraisemblablement pas à me parler dans cet état.

C'était plus fort que moi. Ma femme se tenait devant moi. J'avais envie d'elle.

Le docteur m'apporta un drap blanc que je déposais sur le bas de mon corps.

"Bien, comme vous avez pu le constater. " Je m'adressai au docteur. "Des intégrations ?"

"On retrouve l'existence d'une multitude d'intégrations microscopiques. Nous ne connaissons qu'un seul autre guerrier avec ce type d'intégration, Tyran, un Prillon de la Colonie. J'ai examiné son dossier, ce type d'implant ne semble pas affecter votre esprit tant que le niveau de saturation n'est pas atteint. Votre saturation cellulaire est de quatre-vingt-cinq pour cent. "

Putain. Une ou deux injections supplémentaires et ce salopard bleu aurait eu ma peau.

Le docteur poursuivit. "Vos muscles et os seront plus forts et plus résistants qu'avant grâce aux intégrations. Tyran le Prillon a passé des tests, il est plus fort que les Atlans intégrés de la Base 3. Tout se passera bien tant que vous ne subissez pas d'autres intégrations. Vous serez plus fort et plus rapide, en bonne santé. Vous manquiez de sommeil, vous étiez dénutri et déshydraté, le caisson ReGen a rempli sa mission."

"Merci. " Il disait vrai. Je pétais la forme. Je débordais de vitalité.

De désir.

Je regardais ma partenaire, semblable à tout à l'heure. Mais nous ne nous battions plus pour sauver nos vies contre la Ruche. Nous étions en sécurité à bord du cuirassé. J'étais guéri. Rien ne m'empêchait de la posséder, le Commandant excepté.

Ça et une sacrée bonne douche.

"J'aimerais bien prendre une douche Commandant, si je peux me permettre ..."

"Pas encore. Depuis quand la Ruche contrôle-t-elle notre base ?" Le regard du Commandant était sombre, implacable. Je savais reconnaître la colère, le Commandant Prillon bouillait de rage, les muscles contractés et frémissants, réprimant son envie de passer à l'attaque.

"Une semaine au moins. J'ai compté huit jours en cellule, ça peut être plus ou moins. Il n'y avait ni horloge ni variation de lumière. Je me suis basé sur leurs tours de garde. "

Il faisait les cent pas devant moi, me cachant Niobé, je ne l'intéressais plus. Ses sourcils froncés lui donnaient un air presque aussi sévère que celui du Commandant. "Commandant Karter, comment expliquez-vous qu'une base de la Coalition soit tombée aux mains de la Ruche voilà plus d'une semaine, et que vous ne l'ayez pas su ?"

Il fit volte-face en grommelant et répondit d'une voix respectueuse, bien que remplie de colère. "Vice-Amiral, nous avons reçu des rapports de la base aux dates prévues. Ils détenaient les bons codes et transmettaient les informations attendues. Nous n'avions aucun moyen de le savoir. Ils ont respecté nos procédures à la lettre. "

Elle m'adressa un regard chaleureux en dépit des circonstances. "Dois-je en déduire que cela pourrait se produire sur n'importe quelle base de la Coalition et que nous n'aurions aucune indication d'un quelconque incident ?"

Il recula et acquiesça. "Exactement. "

Ma superbe femme jura et s'éloigna vers la porte afin de retrouver un semblant de calme. "Je dois faire un rapport. Ce doit être à cause des Nexus. "

Le commandant Karter se figea. "Pardon ?" Il se retourna et me regarda. " Il y a un Nexus dans la base ?"

"Oui. " Une colère sourde et mesurée s'empara du Commandant Karter à l'annonce de la nouvelle. Il réfléchit. "Allez-vous doucher, Quinn. Passez du temps avec votre femme. Vous avez deux heures, pas une minute de plus. C'est clair ? Si vous arrivez tous les deux une minute en retard pour le débriefing, Vice-Amiral ou pas, je viendrais personnellement frapper à votre porte. "

J'avais envie de rire, jusqu'à ce que je lève les yeux et aperçoive ce guerrier Prillon, visiblement dans une colère noire. Il était prêt à les réduire en pièces, les fracasser, les pilonner, les tuer. Tic-tac. Il n'avait pas dû rassembler les équipes d'assaut, sinon nous serions probablement dans la salle de transport en formation d'attaque à ce moment-là.

"Je comprends. Mes hommes sont là-bas. Il a tué tous mes Chasseurs. Je veux le voir mort. "

Le commandant Karter pencha la tête vers Niobé, comme pour écouter sa conversation. Elle avait dit devoir passer un appel, faire un rapport. Mais à qui ?

"La douche est par-là, " précisa le docteur.

Je sortis du caisson et me plantai devant ma femme qui mettait fin à sa communication, seul un drap cachait ma bite en érection. J'ignorais à qui elle parlait, et je m'en foutais. Je repoussai les cheveux de son visage et examinai ses traits dans les moindres détails. Des yeux bruns. Des taches de rousseur sur son nez retroussé. Des lèvres pulpeuses mais crispées. Elle avait l'air tendue. Inquiète. Ça changerait en baisant. "À bientôt ma chérie. "

"Chasseur d'élite, magnez-vous le cul et douchez-vous, " beugla Karter. "Et couvrez- vous. "

Après tant de souffrance et de douleur, je renaissais, au vu de la tournure inattendue des événements. J'avais survécu. J'avais une femme magnifique, je me vengerais d'ici quelques heures. Le bonheur éprouvé devant Niobé était l'étincelle de joie qui m'avait manqué. J'adressai un clin d'œil à ma femme et me dirigeai vers la douche, en oubliant le Commandant. J'entendais ma femme respirer, je sentais son excitation.

"Docteur, qu'un technicien récupère un uniforme de combattant au S-Gen. Exécution. "

Le jet d'eau chaude me fit soupirer. Putain, ça faisait du bien d'être libre. De savoir que ma femme m'attendait.

Cinq minutes plus tard, j'avais revêtu l'uniforme intégral du chasseur d'élite, un uniforme tout neuf, impeccable. Karter se tenait là, bras croisés. Je le dévisageais du coin de l'œil, n'ayant d'yeux que pour ma femme. *Niobé.*

"Deux heures. "

Je ne le regardai même pas. Elle n'était pas petite. De longues jambes, un corps voluptueux, tonique et musclée, même en uniforme. J'avais envie de la déshabiller et la découvrir, centimètre par centimètre.

"Chasseur d'élite", lança le Commandant.

"Oui ?" demandai-je, je matais les seins ronds de Niobé, la façon dont ils se soulevaient à la moindre respiration. Elle *était* excitée. Je le sentais. Ses joues s'empourprèrent, seul signe extérieur, elle pouvait être autre chose qu'un Vice-Amiral. Ses joues rouges parlaient pour elle. Elle était aussi impatiente que moi.

"Chasseur d'élite," répéta Karter.

"Oui ?"

"Je serai par-là. " Il poussa un soupir. "Si le Vice-Amiral ne m'avait pas dit que vous étiez jeunes mariés, je vous aurais jeté en prison pour insubordination. "

"Merci. "

"Je me fiche de vos compliments ; je réclame votre attention. "

Je croisai et soutins le regard sombre de Niobé. Comme hypnotisé. "Sauf votre respect, Commandant, je ne peux vous accorder mon attention pour l'instant. "

Il poussa un nouveau soupir. "Je vois ça. Je vous donne deux heures, rendez-vous en salle des commandes. "

"Zan restera combien de temps en caisson ReGen ?" demandai-je. Il avait parcouru toute la base contrôlée par la Ruche, j'étais directement passé de la salle de transport en cellule. Il savait mieux que moi ce qui s'y passait. Mieux que quiconque.

"Zan ?"

"L'Atlan. "

"Six heures", précisa le docteur.

"Alors, j'ai six heures avec ma femme. Zan est complètement intégré. Il est allé partout pendant que j'étais en cellule. Il connaît le nombre de gardes, où ils sont embusqués, le nombre de prisonniers restant. Il doit guérir. On a besoin de ses infos à propos de cette base. Zan doit guérir. On fera un débriefing et on retournera sauver le reste. "

Niobé n'était pas de cet avis. Envoyer ses combattants dans cet enfer ne l'enchantait guère.

"Ok. Six heures", répéta Karter. "Pendant que vous … faites connaissance, je demanderai à une équipe d'éclaireurs d'examiner les plans de cette base pour préparer les équipes d'assaut. "

Personne ne lui prêtait attention, le Commandant grommela quelque chose, comme quoi les femmes nous tournaient la tête.

"Six heures, Vice-Amiral. " Il s'adressait à ma femme, espérant peut-être attirer son attention. Peine perdue. "Je suis passé par là moi aussi. Erica me tuerait si je ne vous laissais pas de temps. "

Il nous en accordait parce que nous devions attendre que Zan se rétablisse. J'avais compris. Il me faudrait attendre la fin des recherches et le sauvetage pour posséder ma femme, mais les dieux étaient avec moi … et je comptais bien en profiter.

Nous avions six heures. Six. Heures.

Il sortit, nous laissant seuls. Nous étions seuls dans la salle ReGen - à côté de Zan, en train de guérir dans un caisson - mais je m'en fichais, il y aurait pu y avoir tout un bataillon de combattants, c'était pareil.

Niobé se tenait devant moi. Je ne pouvais rien faire pendant que le Commandant préparait ses hommes. Rien hormis baiser et apprendre à connaître ma femme. Son heure était *venue*.

# 5

 *iobé*

"Je t'attendais, " dit Quinn. Un aveu révélateur, ce chasseur d'élite ouvrait son cœur comme jamais. Uniquement en présence de ...

*Sa femme.*

On se connaissait à peine. On s'était rencontrés il y a quelques heures. Des heures. La journée avait été riche en sensations. J'avais passé un test sur la Colonie et m'étais brouillée avec Kira et Rachel. J'avais atterri dans un centre d'intégration secret de la Ruche et sauvé non seulement mon futur mari, mais également des combattants. Nous avions été ramenés à bord du Karter, j'avais contemplé mon mari dans le caisson ReGen tout en planifiant l'attaque de la base avec le Commandant Karter que je venais de quitter.

J'aurais dû être fatiguée après le combat, les deux transports, la chute d'adrénaline, la rencontre avec mon *mari* ... mais pas du tout. Loin de là. Je me sentais vivante et revigorée comme jamais. Était-ce le regard ambré de cet homme ? Ses muscles saillants sous son uniforme ? Cette connexion, ces liens invisibles qui nous unissaient, que j'avais tout fait pour renier ?

Je n'avais pas l'intention de lui ouvrir mon cœur. Je ne le faisais pas avec des personnes que je connaissais depuis des années, encore moins au bout de quelques heures. Peu importe qu'il soit mon partenaire, que je sois *censée* tout partager avec lui. Mon corps, mon cœur, mon âme. Je ne le connaissais pas. Pas encore. Mais j'en avais envie. J'avais envie d'un lien plus profond, d'un mec à moi.

"Je t'attendais. Pendant que tu étais dans le caisson ReGen, inconscient. "

"Avant, ma chérie. Je t'attends depuis toujours, " répondit-il.

J'en aurais presque pleuré, non pas à cause de ses mots, mais de son regard. Possessif. Affamé. Impatient. Un regard qui me donnait le frisson, durcissait mes tétons. Un regard de défi, l'Everienne que j'étais le relèverait. *Courir.* Comme dans mon rêve, qu'il me prouve sa valeur. Sa vitesse. Qu'il soit capable de m'attraper.

Me conquérir.

Merde. Qu'est-ce qui me prenait ?

"Tu ignorais que j'arriverais dans cette prison. " Prison rimait avec poison. Quel endroit ... vraiment horrible. Je ne voulais pas penser à ce qui lui serait arrivé, à lui ou aux autres, si je n'avais pas atterri là-bas. À cet instant précis. Combien de temps aurait-il survécu si je n'avais pas passé le test du Programme des Épouses Interstellaires ?

"Je ne parlais pas de ton transport et tu le sais très bien. "

Il était si calme, si ... posé. Je sentais son odeur malgré celle, plus tenace, du savon du dispensaire.

Les chasseurs résolvaient les problèmes avec confiance et facilité. Ils ne se transformaient pas en bêtes comme les Atlans et n'avaient pas de binôme comme les Prillons. Nous étions indépendants. Calmes. Implacables.

J'étais loin d'être calme en présence de Quinn. Sur mes gardes. À cran. Mal à l'aise parce que hors de mon élément. Non, il y avait autre chose.

Six heures. Nous avions six heures de répit. Pour faire l'amour. Pour apprendre à nous connaître.

Mon corps disait *oui* ! Mon esprit gardait le contrôle. Je me sentais coupable d'être en vie, pleine de désir pour mon partenaire pendant qu'un nombre inconnu de guerriers souffraient encore sur cette base. M'attendaient. Moi.

Nous.

Quinn avait apparemment plus de facilité à se concentrer. Il me dévorait des yeux. Mon corps *réagissait*. Je paniquais. Je ne contrôlais plus rien. Une mission ? Oui. Un mec ? Non. Je me fis violence pour garder mon calme, l'esprit dans le vague.

"Tu n'as rien à craindre, notre désir est mutuel. " Sa voix grave m'apaisait.

"Nous n'avons rien en commun. " Je lui montrais la marque dans la paume de ma main. "On n'a rien en commun. On est juste compatibles. "

Je n'en croyais pas un traître mot. On avait des tonnes de points communs, je n'y comprenais rien, c'est ce qui me faisait peur.

Mes tétons durcirent en le voyant hausser ses épaules musclées. Les traîtres. Je croisai les bras sur ma poitrine.

Il esquissa un sourire. Il respirait profondément, les

narines dilatées. "Tu es à moi. Tu le sais. Je le sais. *Tout le monde* le sait à bord de ce vaisseau. Pourquoi résister ?"

Oui, pourquoi ? Je ne voulais pas d'un homme autoritaire. Ma chatte pensait le contraire mais c'est moi qui décidais ... de ce que je faisais de mon corps du moins.

Mes tétons devenaient douloureux, je mouillais. Il le savait. Il le sentait. Sa grosse voix ne faisait rien pour calmer ma libido.

"Je ne peux pas te donner ce que tu attends de moi. " Je ne voulais pas lui ouvrir mon cœur, j'avais mes raisons. C'était une erreur. Forcément. Je ne voulais pas d'enfants. Je ne voulais pas renoncer à ma vie, ma liberté, ma carrière. J'avais un rôle à jouer dans cette guerre. Je formais des cadets, je les préparais pour la Ruche. J'essayais de sauver des vies, mon travail était important pour moi, trop important. Je n'aurais jamais dû céder à un moment de faiblesse, de solitude. Le chasseur d'élite Quinn d'Everis voulait probablement une femme soumise et dix gosses qui courent partout dans la maison en hurlant.

Cette vie n'était pas pour moi. Je n'étais pas faite pour vivre avec quelqu'un. Merde. J'avais tout fait foirer. "Je n'aurais jamais dû passer ce test. "

Il me reluquait de la tête aux pieds de son regard clair. Sans se presser, comme s'il avait tout son temps. Comme s'il en avait le droit.

"Je ne suis pas d'accord. Tu es parfaite et j'ai hâte de te pénétrer, de te faire jouir. De te faire mienne. "

Oh putain. J'allais jouir. "Tu ne me connais pas. "

"C'est exact, j'apprendrai. " Ce n'était pas une menace, mais un souhait, une promesse. C'était un Chasseur, je commençais à comprendre ce que signifiait avoir pour partenaire un homme d'élite d'Everis. Il ne s'arrêterait jamais. Il ne céderait jamais.

Je cogitais à cent à l'heure. C'était impossible ? C'était vraiment mon mec ?

Non. Pas question. Il ne me connaissait même pas. J'avais trente jours pour refuser cette union et reprendre ma vie d'avant bien réglée et mes responsabilités. Trente jours pour qu'il décide de vouloir quinze gamins et une femme dix ans plus jeune.

Peu importe. C'étaient des conneries. Des conneries sur le plan psychique, émotionnel et physique. Je n'aurais jamais dû laisser Kira me convaincre de passer le test. J'aurais dû refuser, rentrer chez moi et déguster un bon vin Atlan. Un vibromasseur ne voulait pas d'enfants et n'était pas autoritaire. Secrets. Vérité. Confiance.

*Où* avais-je eu la tête ?

Je tournai les talons et me dirigeai vers la porte qui coulissa en silence, et la franchis. Je m'arrêtai une fois sortie du dispensaire.

Il ne m'avait pas suivie. J'entendais Quinn malgré les bruits du cuirassé, la faible vibration des moteurs, le cliquetis des plats à la cafétéria située à l'étage inférieur. Sa respiration, les battements lents de son cœur. Il n'avait pas bougé.

J'appuyai sur le bouton de l'ascenseur au bout du couloir sans savoir où j'allais. J'avais besoin de fuir, de reprendre le contrôle. Sa proximité m'en empêchait. Bon sang !

"Inutile de t'échapper, je te *rattraperai.* "

Je fermais les yeux en entendant sa voix, le corps douloureux, j'avais un besoin impérieux de *m'échapper*. Il se trouvait toujours dans la salle ReGen. Sa voix n'était guère plus qu'un murmure, il n'avait pas besoin de parler fort pour que je l'entende. Je poussai un gémissement à l'idée qu'il me rattrape. Il ne lâcherait pas l'affaire. Cela ne faisait que commencer, je lui avais lancé un défi qu'il était obligé d'accepter.

Je m'étais enfuie. L'équivalent d'un défi ultime pour un chasseur courtisant sa femme. J'avais fui, je l'avais mis au défi de m'attraper ... non, j'avais *exigé* qu'il me rattrape, qu'il se montre digne de moi.

Il ne me lâcherait pas.

Je serrai les cuisses, fuir était typiquement féminin : une Everienne défiait son partenaire potentiel, elle lui demandait de faire ses preuves. De se montrer dominant à la chasse.

Une sorte de danse nuptiale. J'avais réveillé la bête intérieure qui sommeillait en Quinn. J'étais sa femme. Je le fuyais. Il me retrouverait, me posséderait et me ferait sienne.

Il n'avait pu faire ce qu'une partenaire faisait en temps normal lorsque j'étais arrivée sur la base contrôlée par la Ruche. Il était emprisonné. Je l'avais sauvé. Il m'était forcément reconnaissant. Il allait prendre le dessus une fois en sécurité et entièrement guéri grâce au caisson ReGen.

Je m'étais offerte à lui sur un plateau.

La chasse lui donnait du pouvoir.

À bord d'un cuirassé ? C'était un jeu d'enfant. Je n'avais nulle part où aller. Je ne pouvais ni m'enfuir, ni me cacher.

Il me trouverait *forcément*.

J'ignorais si je devais me montrer enthousiaste ou agacée.

Un peu des deux, lorsque j'entrai dans l'ascenseur.

"Je ne veux pas de mec". L'ascenseur était heureusement vide sinon les gens se seraient demandés pourquoi je parlais seule. Ce n'était pas le cas. Le rire de Quinn m'horripilait.

"Tu as passé le test. Seuls les Atlans en proie à la fièvre d'accouplement sont obligés de passer le test. Tu n'es *pas* une Atlan. "

Les portes de l'ascenseur s'ouvrirent, je sortis. La bande bleue sur les murs indiquait l'étage des ingénieurs. Je pris à droite.

"Ma place est à l'Académie. Je la *dirige*. Je ne démissionnerai pas. "

J'entendais ses pas pesants, il était en chasse. J'étais sa proie.

Comme une partie de cache-cache, il avait compté jusqu'à cent avant d'entamer ses recherches.

"Je vivrai n'importe où. Pourvu que tu sois à mes côtés. "

Sa réponse me plaisait, je me pris à sourire sans même réfléchir. Mince alors, il était vraiment trop charmant. J'arrivai à une intersection entre deux corridors et tournai à gauche. Les battements de mon cœur allaient crescendo. "Arrête de draguer, Chasseur. "

"Tes tétons pointent. T'es excitée. Cours. Cache-toi. Je te retrouverai. "

Je repensais au test, je me revoyais dans la forêt, cheveux au vent, excitée, l'homme de ma vie se rapprochait de plus en plus. Il m'attrapait, se lovait contre moi, me pénétrait ...

Mon gémissement fit rire Quinn.

Son rire me poussait à avancer. Il allait certes me poursuivre mais je ne comptais pas lui faciliter la tâche. Deux guerriers Prillons sortirent d'une salle, je leur emboîtai le pas, la porte se referma derrière moi. Je me trouvai dans une sorte de salle des machines. Une lueur bleue éclairait la pièce remplie d'ordinateurs du sol au plafond. On aurait dit une bibliothèque—section romans. Sauf qu'ici, pas de livres en rayonnage mais le stockage des données nécessaires au cuirassé. Une forêt de machines.

Ça ne ressemblait pas à mon rêve du test à première vue, celui où la femme était poursuivie dans la forêt mais ça y ressemblait fort. Elle avait adoré se sentir poursuivie, ça l'excitait. Elle avait envie de se faire prendre.

Moi aussi ?

Et merde. Je connaissais la réponse. Oui. Moi aussi.

Il ne le savait que trop bien.

"Tu sais ce qui t'arrivera quand je t'aurais trouvée ?" demanda Quinn d'une démarche assurée. Il ne se pressait pas, il prenait tout son temps et savourait cet instant. Le petit jeu de la traque.

J'humectai mes lèvres, je voulais savoir.

"Je regarderai ton visage en déboutonnant ton chemisier, j'effleurerai la courbe de tes seins, ton rythme cardiaque augmentera, je l'entends déjà."

Je respirai profondément et soufflai un bon coup. J'essayai de calmer les battements de mon cœur battant à tout rompre. J'aimais ses mots crus, malgré son absence. Qu'est-ce que ce serait lorsqu'il se retrouverait devant moi ?

Oh, j'étais dans la merde.

"Je sens ton excitation d'ici. Plus j'approche, plus tu mouilles."

Effectivement.

Je fis coulisser silencieusement la porte en retenant mon souffle.

Il était là.

"Ma chérie." Sa voix provenait de l'autre bout de la pièce. "Respire."

Je m'exécutai.

"Très bien."

Tant d'affection aurait dû m'énerver mais ce n'était pas le cas. C'était ... rassurant. Agréable. *J'appréciais* ses marques d'attention.

Qu'est-ce qui n'allait pas chez moi ?

Oh, oui. Ma chatte partait en "live".

Il était là. Il surgit à l'extrémité de la pièce, mains sur les hanches, et me regarda. Il m'observait. Il m'attendait.

Il était grand ... viril. Je le sentais. La pinède et le mâle. J'ignorais d'où me venait cette idée. Le slogan stupide d'une eau de toilette pour homme sur Terre. Il n'existait pas d'odeur *spécifiquement masculine*. Je sentais d'odeur virile de Quinn.

"Tu devrais chercher la femme idéale. "

Il secoua la tête sans bouger. "On est faits l'un pour l'autre, tu m'appartiens. "

"Non."

Il se mit à rire. "Pas encore."

"Je suis Vice-Amiral. C'est moi qui commande."

Il contemplait mes jambes, je me fis violence pour ne pas les frotter l'une contre l'autre.

"Tu nies l'évidence. Si tu crois que je ne vois pas clair dans ton jeu."

Il m'exaspérait. L'argot terrien n'avait aucun secret pour lui.

"Tu n'auras pas le dessus," répondis-je, histoire de mettre les choses au point.

"Oh que si," il était visiblement sûr de lui et me fit signe d'approcher d'un geste.

Je demeurai immobile et le dévisageai. Je n'avais pas d'issue, aucun moyen de me débarrasser de lui. Ce n'était pas dans mon intention. J'avais *envie* de lui monter dessus comme une chienne en chaleur.

Il continuait de m'inviter à m'approcher d'un simple geste.

J'avançai, comme s'il m'attirait au bout d'une corde.

Son expression ne changea pas. Il n'exultait pas, ne riait pas, il me voulait juste devant lui.

Mon sexe était irrépressiblement attiré. Vers lui.

Il leva son bras de chasseur à la vitesse grand V, je n'eus pas le temps d'avoir peur. Il m'attira contre lui, se pencha et m'embrassa.

Je savais que ça arriverait, je n'étais pas idiote. J'étais simplement surprise. Pas qu'il m'embrasse mais par le baiser en lui-même.

Bon sang.

Putain de merde.

Doux et agréable, inattendu. Il effleurait mes lèvres, les découvrait. Il embrassa mes commissures, sortit sa langue et me lécha.

Je poussai un cri, il me dévorait. La tendresse avait cédé la place à la sauvagerie. Il m'embrassait et *je l'embrassais* en retour. Je fourrais les mains dans ses cheveux longs, ses mèches soyeuses s'enroulaient sur mes doigts.

Il avait un goût mentholé et viril, délicieusement sexy. Je n'en pouvais plus.

Je n'étais pas vierge, j'avais déjà couché avec des mecs mais mon rôle au sein de l'Académie m'avait tenu à distance de la gente masculine. Je n'allais pas me taper un cadet ou un membre de mon équipe. Mon seul plan cul datait d'un retour de mission des Renseignements.

Je ne m'étais jamais sentie comme ça. *Jamais*. Avec un simple baiser.

Mon chemisier s'ouvrit en un éclair, je sentais l'air frais sur ma peau, il l'avait déboutonné.

Il releva la tête et recula pour mieux voir. Je portais un soutien-gorge blanc tout simple, sans dentelle ni satin, sans tralala, il matait mes seins comme s'ils dormaient dans de la lingerie fine.

"Retire ce chemisier." C'était un ordre.

J'obéis avant de prendre le temps de réfléchir à sa demande pour le moins autoritaire.

Il descendit le chemisier recyclable le long de mes épaules et mes bras, il finit au sol derrière moi.

Il avança vers moi, je reculai. Il recommença, je fis de même jusqu'à heurter le mur. Son corps se pressait contre le mien, je sentais sa verge en érection. Il était lui aussi excité, les choses n'en resteraient pas là, nos souffles se mêlaient, mes tétons se plaquaient contre son torse à chaque respiration.

Je ne bougeais pas tandis qu'il défaisait mon pantalon, le descendit sur mes hanches en même temps que mon slip. Ses doigts trouvèrent mon sexe.

Je poussai un cri et gémis.

"Ma femme," grogna-t-il. Il ôta et lécha ses doigts luisants de mouille.

Mon odeur excitée emplissait l'air. Plus un bruit, plus un son, nous deux seuls dans cette pièce vide.

Il me retourna, je plaquai les mains contre le mur froid. Il s'agenouilla, frotta son sexe toujours dans son froc contre ma chatte et entre mes fesses.

Je n'avais aucune prise sur le mur, rien pour m'accrocher. J'avais tiré un trait sur ma dignité, jetée au sol avec mon chemisier.

Je fis volte-face et décrétai, "Je suis Vice-Amiral de la Flotte de la Coalition."

Dents serrées, muscles du cou tendus, il me saisit doucement mais fermement par les hanches, il ne me ferait aucun mal.

Il secoua lentement la tête. "Tu es ici avec moi, tu es ma femme. Point barre. Tu ne donnes pas d'ordres, ici." Il indiqua la porte d'un mouvement de tête. "Ici, c'est moi qui commande."

À mon tour de répondre par la négative. "Hors de question."

Il glissa sa main entre mes cuisses et l'enfonça dans ma vulve, il me doigtait, c'était trop bon. Il enduisit mes lèvres de mon foutre. "Oh que si. Goûte."

Je léchai.

"T'en as envie. Obéis. Pour moi. Pour moi *seul*."

Il dégrafa son pantalon et sortit sa verge. Oh putain. Elle était énorme, longue et épaisse, du sperme s'en écoulait, il l'empoigna à la base et se branla. "Pour moi *seul*."

Je poussai un gémissement. Je ne gémissais *jamais*.

Il me retourna de sa main libre, je plaquais mes mains contre le mur. Je tendis mes fesses de mon plein gré cette fois-ci.

J'avais envie de sentir sa bite en moi. J'en avais *besoin*.

"Parfait. Ne bouge pas ma chérie."

Il ne se fit pas attendre. On s'était juste embrassés. J'étais en soutien-gorge. On était encore presque tout habillés. Les préliminaires avaient débuté à son réveil du caisson ReGen, au dispensaire.

Je mouillais. J'étais excitée. J'avais envie de lui.

Il me pénétra bien profond d'un coup d'un seul. Il affermit sa poigne sur ma hanche alors que je faisais mine de bouger. Il était énorme et me dilatait, me défonçait presque *trop*.

Il poussa un grognement, il me prenait brutalement.

Peau contre peau. Le souffle court. Le désir allant crescendo ne tarderait pas à exploser.

Une main s'abattit violemment sur mes fesses. Je tressaillis et me contractai sur sa verge.

"Ça, c'est pour m'avoir mis sous sédatif, ma belle. Pour m'avoir forcé à entrer dans ce caisson ReGen."

C'était trop. *Beaucoup* trop. Je me faisais mettre par un homme, comme bon lui semblait. Sans rien en échange. Il me possédait, me baisait, me besognait avec sa bite, pour son plaisir, me donnait *la fessée* en guise de punition.

Je jouis, j'avais eu un orgasme. J'avais quasiment hurlé de plaisir dans la salle des machines d'un cuirassé. Je me contractai sur sa bite raidie, la fessée m'avait vachement excitée. Mon vagin pulsait tellement que Quinn gronda littéralement, il imprima un dernier coup de reins et jouit à son tour.

Je compris, après avoir repris mes esprits, qu'il ne s'était pas servi de moi. Absolument pas. Il m'avait procuré du plaisir, s'était assuré que je jouisse en premier. Il s'était lâché après que j'ai pris mon pied.

Il avait pris soin de moi pendant que j'étais vulnérable.

Les larmes me montaient aux yeux tandis qu'il me plaquait contre le mur, son corps massif collé sur le mien. Il mordillait mes épaules, caressait les courbes de mon corps avec une tendresse dont je ne l'aurais pas cru capable auparavant. J'étais une poupée de porcelaine, précieuse et fragile.

Merde. Mes larmes se mirent à couler, inondant mes joues tandis que des réminiscences de désir me parcouraient, mon sexe était béant et douloureux, j'étais comblée.

Ses caresses me touchaient profondément, je me sentais vulnérable, plus encore que lors de la traque, de la baise ou l'orgasme, il était bien réel. Doux. Rassurant.

Je ressentais de l'amour, je savais que c'était *ça*, putain de merde. Tout ce que je savais à l'instant présent c'est que ça réveillait quelque chose de profondément enfoui en moi. J'avais le cœur serré et les yeux humides. Humides. Ce n'étaient *pas des larmes*. Non, pas des larmes.

"Tu es magnifique, Niobé. Trouvons un lit, j'ai envie de remettre ça. Et la prochaine fois, je te regarderai en face quand tu te donneras à moi et que tu m'obéiras."

# 6

uinn, *Cuirassé Karter, Quartiers des Officiers*

"Il va falloir qu'on mange," dis-je en entrant dans le quartier des invités qui nous avaient été attribué. Karter avait envoyé un message en précisant le lieu pendant qu'on était ... occupés en salle des machines. Le petit appartement comportait deux pièces, une chambre avec un lit suffisamment spacieux pour accueillir deux Prillons et leur femme —assez vaste pour ce que j'avais prévu de faire avec Niobé— et une salle de bain. Une table, des chaises et une machine S-Gen complétait le tout. Hormis la baie vitrée faisant tout un pan de mur et offrant une vue plongeante sur l'espace, la chambre était simple et sans fioritures, l'important était qu'elle disposait d'un lit et d'une porte fermant à clé.

Nous l'occuperions pendant les cinq heures restantes jusqu'au réveil de Zan. Nous n'y retournerions pas une fois que Zan aurait fait son briefing et finalisé le plan d'attaque. Nous irions directement de la salle de transport sur Latiri 4. Après ... je serai avec Niobé. Je le savais. Où ça, rien de sûr pour le moment.

Nous n'étions pas là pour discuter mais pour nous toucher, nous découvrir. J'allais la posséder.

Je retirai mes nouveaux vêtements et les jetai au sol. Je n'étais pas pudique, pas avec Niobé. Mon corps lui appartenait, je n'allais pas me cacher.

Je m'arrêtai une fois mes bottes enlevées et mon pantalon descendu sur les hanches. Elle me dévisageait depuis l'entrée.

Je lui souris. "La vue est belle ? J'espère en tous cas."

"Je croyais que tu devais faire monter à manger." Sa voix était calme, allait droit au but, pas arrogante.

Je souris. "Effectivement. On mangera à poil, on ne dispose que de quelques heures."

Elle resta bouche bée. Super. J'avais réussi à la surprendre, y'avait pas grand-chose qui la surprenait apparemment. Elle avait fait le voyage pour rencontrer son mec mais avait atterri dans une prison aux mains de la Ruche. Elle n'avait pas paniqué, n'avait pas sué sang et eau pour sauver six combattants toute seule comme une grande—moi compris—grâce à ses connaissances et son expérience en matière de transport.

"J'ai besoin d'une bonne douche," dit-elle en filant droit dans la salle de bain, sans cesser de me reluquer. Je ne débandais pas depuis que je l'avais tringlée en salle des machines. Elle m'avait à peine vu avant que je la bourre à donf. J'étais bien monté, elle allait grimper aux rideaux.

"Reviens-moi vite, et nue, ma chérie."

Je m'approchai de la machine S-Gen tandis que la porte

se refermait derrière elle. Qu'aimerait-elle manger ? Quels étaient ses plats favoris ? Je n'en avais pas la moindre idée. Au hasard, j'en choisis quelques-uns susceptibles de lui plaire. La porte s'ouvrit alors que je les disposais sur la petite table.

Elle sortit, enveloppée dans une serviette de bain. Des gouttes d'eau perlaient à l'extrémité de ses longs cheveux. Je l'examinai, des pieds menus, des chevilles bien dessinées, des cuisses fermes.

"Enlève ta serviette, ma belle."

Elle me défiait intentionnellement mais son regard trahissait une certaine prudence. Je me tenais nu devant elle, prêt à baiser. Je l'avais certes pourchassée et tringlée mais nous étions des étrangers l'un pour l'autre. Le lien existait bel et bien mais nous étions ... des inconnus.

Elle retira sa serviette, qu'elle tenait désormais entre le pouce et l'index.

"Bordel, t'es super belle."

Sa carnation claire rimait avec perfection. Je l'avais déjà remarqué mais le désir intense n'obscurcissait plus ma vue. Je contemplais son regard méfiant, son menton volontaire, ses épaules délicates, ses gros seins aux tétons roses. Je découvrais sa taille marquée, ses hanches larges ... et putain, son sexe de folie.

Je lui pris la serviette des mains.

"Quinn," elle fit mine de la prendre pour masquer sa nudité.

Je la posai sur l'une des chaises et m'assis dessus. Elle ne risquait pas de la récupérer, je mettais quiconque au défi de me faire asseoir cul nu et la bite à l'air sur une chaise sans rien dessus.

Je me penchai, pris sa main et la fis asseoir sur mes

genoux. Sentir ses jambes douces sur mes cuisses me tira un gémissement de la gorge... une vraie torture. Je fourrai le nez dans ses cheveux encore humides, embrassai son cou, la courbe de son épaule.

"Mange," dis-je, en essayant de me concentrer sur ma mission : la nourrir, veiller sur elle, apprendre à la connaître, au lieu de la sauter. Je dus me faire violence pour ne pas la baiser sur la table. "Nous devons manger."

C'était la vérité. Nous repartirions bientôt en mission. Être affaiblis et affamés serait stupide et préjudiciable. On manquerait probablement de sommeil parce qu'on avait passé notre temps à baiser ? Je n'étais pas prêt à tous les sacrifices ... mais celui-ci en valait la peine.

Je m'emparai d'une cuillère que je plongeai dans un plat Everien, un ragoût de viande et légumes, que je portais à ses lèvres.

Elle ouvrit la bouche et accepta mon offrande, sa petite langue enfourna la cuillère dans son intégralité.

"C'est bon ?"

Je la vis mâcher et avaler.

Elle confirma. "Je peux manger seule, tu sais."

"C'est plus marrant." Je plongeai la cuillère et goûtai à mon tour. "Tu es une Everienne," affirmai-je. Elle me l'avait dit elle-même.

"À moitié," répondit-elle avant de prendre une autre bouchée.

" Et à moitié humaine, je suppose."

Elle acquiesça tout en mâchant.

"Tu es arrivée directement du Centre de Recrutement des Épouses sur Terre ?"

"Non."

Je pris un bout de légume vert.

Je doutais qu'elle soit originaire de la Terre, vue les aptitudes dont elle avait fait preuve en prison. " D'Everis, alors ?" Je lui donnai un morceau de tarte savoureuse. Elle fronça les sourcils, mastiqua en faisant la grimace et avala.

"T'aimes pas ?"

"C'est pas ma préférée."

"Et c'est quoi ta préférée ?"

Elle énuméra quelques plats Everien et prit une tranche de fruit qu'elle porta à ses lèvres mais le jus poisseux coula sur ses seins qui pointaient.

"Dieu du ciel," murmurai-je, la gouttelette glissa sur la courbe de son sein, jusqu'à son téton. Je me penchai et le léchai sans réfléchir, et levai enfin la tête.

Elle me regardait tendrement, comme si elle était dans le gaz.

"C'est doux," murmurai-je, avant de reprendre son mamelon en bouche.

"Quinn," elle haletait.

"Je sais," répondis-je en gémissant. Je m'étais promis d'apprendre à la connaître. De lui *parler*. Sans baiser. Je me redressai et la retournai afin de ne pas être tenté par sa poitrine. Sentir ses fesses sur ma verge m'excitait, il suffirait que je la décale de quelques centimètres pour la pénétrer bien profond. "Ok, t'es humaine, mais tu ne viens pas de la Terre ni d'Everis. Explique-moi."

Elle riait, je n'étais pas loin de la vérité. "J'ai grandi sur Terre."

"Tu ne t'y sentais pas étrangère ?"

Elle me dévisagea. "Comment tu le sais ?"

Je haussai les épaules. "Les humains sont des êtres simples, arriérés ... fragiles. Tu devais courir plus vite que tes amis, même bébé, avoir une meilleure vue, une meilleure ouïe. Tout, en *mieux*."

Elle confirma. "Exact. Je courais comme une dératée."

J'ignorais ce qu'était une dératée mais je l'imaginais.

"Un groupe de Chasseurs est venu sur Terre lorsque j'avais quatorze ans. Ils ont entendu parler de moi. J'avais battu tous les records d'athlétisme au collège."

Ah.

"Ils voulaient en avoir le cœur net. La marque dans la paume de ma main était la preuve ultime." Elle prit un autre bout de fruit—apparemment son préféré parmi les mets à disposition posés sur la table—et mordit dedans. "Je n'ai pas eu le droit de rester sur Terre. Les extraterrestres y étaient interdits de séjour, surtout ceux sortant du lot. J'ai dû les accompagner sur Everis."

"Et tes parents ? Tu sais qui est ton père ?"

Elle me jeta un coup d'œil et me prit la cuillère des mains. "Je présume que mon père était en mission sur Terre. Il a rencontré ma mère et l'a mise en cloque. Je n'ai jamais su qui il était. J'ignorais qu'il était Everien. J'ignorais que *j'étais* une Everienne jusqu'à ce que ces Chasseurs se pointent."

"Ta mère ne t'en a jamais parlé ?"

"Elle est morte quand j'avais six ans. Je vivais en famille d'accueil."

Je la regardais bizarrement, sans comprendre, elle m'expliqua tandis que je mangeais. Plus j'en apprenais, plus ça me déplaisait. Que Niobé ait grandi seule dans des familles qui ne se préoccupaient pas vraiment d'elle, qui ne l'aimaient pas, me mettait en rogne. Elle était seule depuis l'âge de six ans.

Mais plus maintenant, elle m'avait moi.

"Je suis partie sur Everis avec les Chasseurs et j'ai vécu chez l'un deux, avec sa femme et ses enfants. Ils étaient gentils, adorables, mais j'étais humaine, du moins sur le plan culturel. J'ai eu du mal à m'y faire et je n'ai jamais réussi à rentrer dans le moule. Je me suis portée volontaire pour combattre à l'âge de dix-huit ans." Elle poussa un soupir. "Bon sang, c'était la première fois que je me sentais ... normale. J'ai tout de suite adoré. Ils savaient quoi faire de mes aptitudes et ça me plaisait. Je me sentais enfin chez moi." Elle haussa les épaules. "Inutile de préciser que j'étais une excellente recrue. J'ai servi des années chez les Patrouilleurs, puis j'ai enseigné à l'Académie de la Coalition, dont j'ai pris la direction."

Impressionnant. Je comprenais ce besoin qu'elle avait de tout contrôler. Et également pourquoi elle devait y mettre un terme.

"Et toi ?" demanda-t-elle.

Je n'en pouvais plus et l'embrassai en guise de réponse. Le goût agréable du fruit se mêlait au sien, Niobé dans toute sa splendeur. Je fourrai mes doigts dans ses cheveux et la tint à distance.

"Quinn," souffla-t-elle. "Réponds-moi."

"Chasseur d'Elite. Né sur Everis. Parents unis. L'aîné de six frères et sœurs, vingt-deux neveux et nièces." Je retournai à son cou, embrassai sa peau douce, nous procurant un plaisir mutuel. "Détaché sur le Cuirassé Karter, Section 437." Je ponctuai ma phrase d'un baiser sur sa bouche. Je n'avais rien de spécial, rien d'intéressant.

"Six frères et sœurs ?" C'est tout ce qu'elle avait retenu de ce que j'avais dit ?

J'effleurai sa lèvre inférieure du pouce en acquiesçant. Je ne lui parlai pas des douze ans de différence entre le plus jeune et moi, ni que j'avais passé la majeure partie de mon adolescence à courir après mes frères et sœurs, à les laver et leur préparer à manger. Nous formions une famille unie. J'avais des corvées, des tas de corvées, et parmi elles, m'occuper des plus jeunes. Les protéger, faire en sorte qu'il ne leur arrive rien, veiller sur eux.

A dix ans, j'étais déjà chargé de famille, un vrai père. J'avais refusé le protocole de recrutement parce que je ne me sentais pas le courage de remettre le couvert. J'avais compris que ma future femme voudrait certainement des enfants mais pour être honnête, que Niobé n'en veuille pas m'arrangerait. Mon désir d'enfant s'était émoussé à l'âge de quinze ans.

"Oui, six, tous plus jeunes que moi, j'ai trente-huit ans et mon test remonte à deux ans à peine. J'adore savoir que mes frères et sœurs sont mariés, qu'ils ont des tas de bébés, mais ça s'arrête là."

Elle se détourna, pensive. "Et maintenant ?"

"Maintenant ?"

"Tu es issu d'une famille nombreuses, je présume que tu veux te marier et avoir des enfants ?"

Sa question était des plus sérieuses, je pris le temps de réfléchir et d'y répondre sereinement. "Tu m'as dit tout à l'heure que tu ne serais pas en mesure de me donner ce que je voulais. Tu crois que j'ai envie de quoi ... exactement ?" Je la forçai à me regarder en attrapant son menton.

"Des bébés. Plein de bébés."

Je soutins son regard et décidai d'être honnête. "Je me fiche d'avoir des enfants."

Le soulagement dans son regard, son corps subitement détendu me prirent de court. "Vue ta réaction, je suppose que tu n'as pas envie de materner ?"

"Non. Je serais une mère atroce. J'ignore à quoi

ressemble une vraie mère. Je ne saurais pas comment m'y prendre. Pour tout te dire"—elle mordit sa lèvre inférieure et me regarda droit dans les yeux —"je n'ai pas envie d'enfants. Je ne pourrais pas diriger l'Académie et servir la Coalition comme je le souhaite avec des enfants. Je ne ressens pas le désir d'être mère. Je n'en ai jamais éprouvé le besoin."

Logique, vue son enfance. Cependant je la connaissais déjà assez bien pour savoir que c'était une femme tendre et affectueuse qui ferait une bonne mère mais je respectais son choix. Je n'avais aucun désir de paternité. Je voulais simplement que ma femme soit heureuse et comblée. Si être comblée passait par la maternité, pourquoi pas, mais sinon ? Avoir la chance de passer le restant de mes jours auprès de Niobé me convenait parfaitement.

Je fixais sa bouche, son goût me revenait en mémoire, je poursuivis. "De plus, j'ai déjà trente-six ans, une *vieille fille*, comme on dit sur Terre. Mon horloge biologique ne tourne plus, mes ovules sont hors circuit."

J'ignorais ce dont elle parlait avec son horloge et ses ovules, il s'agissait d'une question d'âge. Les femmes de son âge avaient toutes des enfants en général, c'était logique, mais elle n'en voulait pas. Elle craignait que ce ne soit pas mon cas, de ne pouvoir répondre favorablement à mes attentes, qu'elle ne serait pas une épouse digne de ce nom.

Ma femme me fixait intensément d'un regard inquiet et peiné. Ce n'était pas envisageable. Alors qu'elle avait tout pour être heureuse. Non, pas heureuse, comblée.

"Je t'aime, Niobé. Je ne veux pas d'enfants. Je n'ai jamais voulu être père. J'adore mes neveux et nièces, vingt-deux enfants sont amplement suffisants. Niobé ..." Elle me regardait *au fond des yeux*. "Nous ne serions pas ensemble si nos objectifs différaient."

Elle devrait pourtant le savoir, mais en doutait, jusqu'à maintenant néanmoins. "Tu ne veux vraiment pas de gosses ?"

Des gosses ? Ça voulait dire *enfants* en terrien ?

À en juger par le sérieux de son expression, elle devait parler de progéniture, et non d'animaux, ça devait être de l'argot.

"J'ai pas envie d'être père. Ça te va ?" demandai-je en souriant.

Elle me répondit en souriant. "Oui."

Je pressai mon sexe contre elle d'un coup de reins. "On n'aura pas de gosses mais une chose est sûre, on va baiser."

"Tant mieux parce que ... j'ai très envie de toi."

"Je sais," répondis-je, béat.

Elle leva les yeux au ciel, je la pris dans mes bras, fis les quelques pas qui nous séparaient du lit et la jetai dessus, elle rebondit, agitant ses jambes. J'attrapai ses chevilles et l'attirai au bord du lit, m'agenouillai et m'installai, écartai ses pieds en grand sur la couverture.

"Quinn," murmura-t-elle, elle se redressa sur ses coudes, me contempla, nue.

Sacrée panorama. Je ne me lasserai jamais de la regarder, cuisses ouvertes, sa chatte béante et mouillée, son ventre doux, ses gros seins aux tétons durcis, excitée.

Je pris une profonde inspiration et soufflai sur sa chatte.

"Je me demande si tu as aussi bon goût que ce fruit."

Je n'attendis pas longtemps pour le découvrir, je léchai sa fente, recueillis ses fluides collants sur la langue.

"Quinn !" elle poussa un cri, enfouit ses doigts dans mes cheveux et m'attira vers elle.

Je souris. "Tu n'as aucun pouvoir, ma belle."

Autant dire que je cherchais la bagarre. Elle me lâcha et

glissa au sol devant moi. Son sourire me mit le diable au corps. Elle était superbe, cheveux en bataille, nue, excitée. Espiègle.

Elle poussa ma poitrine, je la laissai faire, je m'allongeai sur le tapis, je verrais bien ce qu'elle comptait faire.

Putain. Elle s'empara de la base de ma verge et me prit dans sa bouche, me fit une fellation d'enfer.

Sa bouche était chaude, humide et étroite. Elle me suçait goulûment, me branlait fermement. Cette perverse allait me faire jouir, elle me tenait littéralement par les couilles.

Elle se redressa et essuya sa bouche d'un revers de main, hors d'haleine et visiblement très fière d'elle. Je mourrais d'envie de jouir, mes couilles étaient sur le point d'exploser.

J'étais en nage, je suffoquais.

C'était le combat des chefs. Dominant contre dominé.

"Tu es à moi, ici, c'est moi qui commande." Je ne me laisserais pas faire, c'était comme ça et pas autrement.

Et pourtant. Elle haussa un sourcil brun. "Ah tu crois ça ?" Elle fixait ma bite en érection, toute glissante suite à la fellation, presque violette, palpitante, prête à éjaculer.

Elle avait raison. Je ne pouvais rien faire hormis me rendre, ma queue profondément enfoncée dans sa bouche. Quel homme serait capable de résister à pareille tentation ?

Elle était des plus vulnérables, cuisses ouvertes, pendant qu'elle prenait son plaisir avec mon cunnilingus, à cent lieues de garder son sang-froid.

On n'allait pas résoudre le problème en quelques heures. Elle savait très bien que je la pourchasserais si elle s'enfuyait. Je la retrouverais où qu'elle soit. Elle m'appartenait pour toujours. J'avais toute la vie pour le lui prouver, lui répéter inlassablement la leçon, jusqu'à ce qu'elle comprenne.

Nous détenions un pouvoir commun, pour le moment du moins.

"Un compromis." Je lui fis signe d'approcher. Elle rampa sur moi, me surplombait, ses cheveux noirs faisant office de rideau. J'effleurai son ventre de ma verge et me glissai sur sa chatte.

"Tourne-toi."

Elle écarquilla les yeux grands comme des soucoupes, elle avait compris. Elle se retourna doucement, prudemment, passa ses genoux de part et d'autre de ma tête pour chevaucher mon visage, sa bouche se trouvait pile sur ma bite.

"Sur Terre, on appelle ça un soixante-neuf," dit-elle en léchant mon sexe.

Je gémis et ondulai du bassin. Je ne comptais pas rester sans rien faire, j'agrippai ses hanches et l'attirai afin qu'elle s'asseye sur mon visage. J'étouffais presque mais quel régal. Je léchai sa chatte humide, titillai son clitoris.

Elle poussa un cri. "T'appelles ça comment ?" Elle prit mon sexe dans sa bouche et me suçait.

Je lui broutais le minou comme un vrai affamé.

"Le paradis. Voilà comment je l'appelle."

Le combat avait commencé, nous allions voir lequel de nous deux jouirait le premier.

# 7

uinn, *Cuirassé Karter, Poste de Commandement*

MA FEMME ÉTAIT ASSISE à la place d'honneur, à droite du Commandant. Le Commandant Chloé Phan, une Terrienne, était à sa gauche, bras croisés dans un fauteuil. Les deux femmes se connaissaient bien apparemment. Elles s'étaient embrassées avant la réunion et se parlaient d'égale à égale en s'appelant par leurs prénoms.

Niobé.

Ma femme, j'étais debout derrière son fauteuil comme un idiot, jaloux, Prax, le capitaine Prillon, me souriait, sachant exactement ce qui me préoccupait.

J'en doutais, je ne pensais qu'à la façon dont Niobé avait succombé à mes caresses. S'était offerte. Je doutais fort que ce soit dans ses habitudes, nue ou habillée, c'était un scoop. Assurément. J'avais vu luire un éclair de frustration dans ses yeux lorsqu'elle avait succombé à mes désirs. Oh, je ne l'avais pas forcée, il ne manquerait plus que ça. Je le savais. Ma femme avait besoin d'être dominée, de se laisser faire, de ne plus penser à rien, de tirer un trait sur ses préoccupations, ses doutes, ses problèmes au quotidien, de succomber au plaisir, de lâcher prise.

Niobé avait succombé en beauté. Elle avait tout d'abord opposé une certaine résistance, le contraire m'eut étonné. J'avais d'autant plus apprécié qu'elle accepte son rôle de dominée.

La voir totalement maîtresse de ses émotions ... me faisait bander. Encore. J'avais encore envie d'elle. Toujours. Pourquoi ?

Pourquoi pas ? Je sentais son odeur, je sentais *mon* odeur sur *elle*. Mon sperme était bien au chaud dans son vagin. Je l'avais pénétrée, possédée.

Elle savait qu'elle m'appartenait, bien qu'étant dans cette pièce. Elle pouvait donner des ordres aux guerriers ici présents mais sa chatte se languissait de mes coups de boutoir.

Elle pouvait quitter la salle de réunion sachant que je serais là pour veiller sur elle, se dévoiler corps et âme—habillée ou pas—je ne la laisserais pas tomber.

Oui, voilà ce à quoi je pensais au lieu de suivre la conversation. Le plan pour retourner dans ce putain de trou infernal sur Latiri 4 et sauver les guerriers piégés à l'intérieur.

L'inquiétude me rongeait, Niobé—non, le *Vice-Amiral*—partirait en mission avec nous. Elle serait armée, prendrait des risques.

Le Commandant Karter lui avait gentiment demandé, avec tout le respect en égard à son rang, de rester à bord du navire jusqu'à la fin du combat, elle lui avait jeté un regard si noir qu'il s'était contenté de retourner à ses plans de bataille exposés en détail devant nous.

Elle et moi n'étions sur ce navire que depuis moins d'une journée mais il avait déjà compris qu'elle ne comptait pas lui obéir. Peu importe qu'elle lui désobéisse à lui, tant qu'elle le faisait avec moi. *Hors de question sinon...*

Zan, l'immense Atlan qui avait failli me tuer agirait en tant qu'espion pour l'opération de la Ruche en cours. Ma cellule jouxtait la salle de transport, il s'était infiltré au cœur-même de la base, avait passé plusieurs jours en immersion complète avec la Ruche. Il avait séjourné en caisson ReGen pour récupérer. Les médecins avaient ensuite passé plusieurs heures à ôter, une à une, la moindre trace de la technologie de la Ruche de son organisme. Il était de nouveau lui-même, l'influence de la Ruche avait disparu de son esprit, bien qu'on ne s'en sépare jamais vraiment. Le Commandant avait parlé de son transfert à la Colonie une fois notre mission accomplie.

Je m'attendais à ce que Zan se rebiffe mais j'avais déjà vu ce regard peiné.

Il était déjà dangereux en temps normal. Mais avec toute cette technologie de la Ruche dont son corps était bardé ? Nous n'avions aucun moyen de savoir ce qui nous arriverait une fois là-bas, à proximité du Nexus. Nous *allions* nous approcher de ce Nexus—*cette chose*—telle était notre mission.

J'ignorais comment je réagirais. Les injections de ce salaud bleu m'avaient brûlé comme de l'acide, jusque dans mes moindres muscles et terminaisons nerveuses ... dans ma tête. Le ronronnement sous mon crâne était constant et puissant, j'ignorais ce qui se passerait de retour à cette fameuse base.

Le docteur avait dit que mon corps était à quatre-vingt-cinq pour cent de saturation. Ma tête vrombirait-elle à proximité du Nexus ? À moins que cette faiblesse ne provienne d'un manque de sommeil, d'eau, de nourriture ? Y verrais-je plus clair une fois mon corps complètement guéri ? Ou devrais-je encore serrer les dents et prendre sur moi ?

Là n'était pas la question bien évidemment, je préférais que la Ruche ne bourdonne pas dans mes oreilles tel un insecte.

Zan et moi étions en territoire inconnu. Sa captivité lui avait laissé des séquelles psychiques, tout comme moi, mais il était prêt à se battre, pour sauver ses coéquipiers. Éradiquer ces putains de soldats de la Ruche de cette planète.

Moi, j'avais envie d'en tuer un seul.

Le Nexus 4. Il m'avait donné son nom. Il avait parlé comme s'il était l'individu contrôlant l'intégralité de la base. Il avait tué tout mon escadron de Chasseurs d'Elite, torturé mes amis et m'avait forcé à écouter leurs cris. Ils les avaient tués par un, j'étais le seul rescapé.

Karter évoquait une mission de groupe, la mienne était bien ciblée. Personnelle.

*Le Nexus 4.*

Je ne quitterais pas cette planète sans avoir eu sa peau. Je voulais qu'il meure. Soit anéanti. Ce vrombissement dans ma tête, c'était *lui*. Les médecins n'avaient pas été en mesure d'enlever la technologie microscopique injectée dans mon organisme, il était fort possible que je *l'entende* de nouveau de retour à la base.

En fait, j'y comptais bien. Comme s'il m'avait équipé

d'une puce qui me conduirait jusqu'à lui. Il prévoyait de me garder à ses côtés, de combattre *avec* lui, je me servirais de cette proximité pour buter cet enculé.

Je focalisais toute mon attention sur le plan de bataille. Je n'aimais pas que Niobé soit parmi nous, vu les plans, elle serait affectée à un groupe de guerriers Atlans, des combattants tous droits venus du cuirassé, prêts à venger leurs frères prisonniers.

D'après Zan, une douzaine de seigneurs de guerre Atlans croupissaient dans les geôles de la base. Le Commandant Karter—non, *le Vice-Amiral Niobé*—insistait pour qu'on transfère les deux Atlans du vaisseau en échange de chaque seigneur de guerre Atlan potentiellement intégré.

Les médecins embarqués étaient heureusement parvenus à le sauver. Zan, notre Atlan, savait où se trouvaient les gardes, où se cachaient les soldats de la Ruche les plus lourdement armés, où étaient retenus les prisonniers. Il finirait certainement ses jours sur la Colonie, une fois cette mission accomplie.

Nous avions besoin de lui. *Il* avait besoin de terminer cette mission.

Les chasseurs Everiens comme moi s'étaient retrouvés séparés sur Latiri 4, conformément aux instructions du Nexus. C'était la raison pour laquelle je n'avais vu personne passer devant ma cellule en provenance de la plateforme de transport. Je savais simplement que d'autres chasseurs étaient morts.

Zan ne savait pas pourquoi nous avions été séparés des autres prisonniers, moi non plus d'ailleurs mais je préférais ne pas le savoir. J'espérais toutefois que cet enculé bleu était toujours bloqué là-bas—ma femme avait sécurisé les lieux avant qu'on s'en aille—avec le reste de ses acolytes. Il m'avait torturé, assassiné mes amis. Si j'avais bien compris le dernier rapport de la Coalition, ces Nexus étaient les chefs d'élite de la Ruche, leurs commandants et logisticiens. Les cerveaux de toute l'opération. Des spécimens uniques, dont le seul but était de nous conquérir et de nous intégrer afin de nous utiliser dans cette guerre.

L'un d'eux avait même essayé de se fabriquer une femme. Du moins, c'est ce que j'avais cru comprendre. Cette rumeur ne figurait sur aucun rapport officiel mais selon des sources de Rogue 5, la femme en question—une humaine comme la mienne—avait non seulement réussi à s'échapper d'une base Nexus, mais à l'attirer dans un piège et à le tuer. Cette idée me donnait envie de lui arracher la tête, comme si j'étais une bête Atlan.

Des milliers de guerriers intégrés étaient tombés raides mort sur le champ de bataille dans divers secteurs de l'espace lorsque ce spécimen Nexus de la Ruche avait succombé. Les scientifiques de Rogue 5 estimaient que la plupart avaient péri suite à un choc soudain de séparation psychique, d'autres s'étaient réveillés étourdis, comme après un cauchemar.

J'avais demandé autour de moi, au sein de la Coalition, mais le Service des Renseignements était resté motus et bouche cousue à propos des Nexus et de leurs rôles—ne sachant pas—ou refusant de reconnaître implicitement la suprématie de la Ruche. Aucune information ne filtrait, les Nexus disposaient eux aussi d'espions.

Ma femme effleurait du doigt la carte projetée sur la table, établissant des priorités afin de procéder à l'exfiltration.

Première étape, sauver les guerriers bloqués dans les labos équipés d'installations d'intégration. Cette zone était proche de la salle de transport, près de l'endroit où j'avais moi-même été retenu captif. La station de transport était située au troisième sous-sol, une zone pas franchement bien défendue avant l'arrivée de Niobé.

Nous n'avions aucune idée de ce qui nous attendait cette fois-ci, raison pour laquelle tout un escadron attaquerait la base en surface dans un assaut frontal. Des vaisseaux de combat, des unités Atlans et Prillons au sol, s'occuperaient de charger en direction des ponts de lancement et des accès extérieurs.

Des équipes de reconnaissance dirigées par le Commandant Chloé Phan, la femme du Capitaine Seth Mills, envahiraient directement le premier sous-sol et attaqueraient de l'intérieur.

Chloé était assise entre ses deux époux, Seth, l'humain, dirigerait les équipes de Reconnaissance. Son second mari, un guerrier Prillon nommé Dorian, se tiendrait à l'extérieur, il dirigerait un escadron de combattants qui couvrirait la zone en cas d'attaque de la Ruche.

"Je m'occupe de Dora et Christopher," dit Dame Karter. La femme du Commandant était assise à l'extrémité de la table et soutenait le regard de Chloé, les deux femmes échangèrent un regard qui ne m'était pas inconnu. Erica se chargerait des enfants de Chloé si tous trois périssaient au combat.

"Merci, Erica." Chloé ferma les yeux. Au vu de mes quelques connaissances de la nature féminine humaine, je supposais qu'elle ravalait ses larmes. Son mari, Seth, plaça très brièvement sa main sur son bras, sans s'appesantir, je comprenais pourquoi. Tout comme moi, il n'avait pas le droit de saper l'autorité de sa femme en public, mais ne pouvait toutefois ignorer son chagrin. Je connaissais le fonctionnement des colliers qui les unissaient moralement. Chloé était Commandant, l'égale du Commandant Karter, mais issue des Renseignements et non de ce foutu recrutement traditionnel de la Flotte de la Coalition.

Elle ne combattait pas dans l'arène mais n'était pas moins respectée pour autant.

Un guerrier Prillon que je n'avais encore jamais vu était assis à droite d'Erica, il arborait le grade de Commandant au revers du col de son uniforme.

Bon sang, ça faisait un bail que je n'avais pas vu pareille brochette de gradés hors du contexte de la traditionnelle salle de cellule de crise de Prillon Prime. Trois commandants, un chasseur d'élite et un Vice-Amiral ?

Le Prillon matait ma femme, visiblement intéressé.

"Pourquoi ne pas simplement nous communiquer vos codes de transport, Vice-Amiral ?"

La question du Prillon se confinait presque à un grognement.

"Qui êtes-vous ?" demandai-je. Je pourrais très bien lui trancher la gorge avant qu'il pose son cul sur la chaise, la rapidité était un des talents des chasseurs. Contrairement aux Atlans, j'étais réfléchi, rapide, mon attaque était forcément mortelle.

"Commandant Zeus."

Chloé, Erica et Niobé se retournèrent d'un coup d'un seul, visiblement confuses.

"Zeus ?" Ma femme se montrait plus intéressée que moi. "D'où vient ce nom ?"

Le Commandant se tourna vers ma femme. "Mon deuxième père est humain, originaire de Grèce, sur Terre. Il m'a appelé ainsi en l'honneur de ce dieu humain qui jetait des éclairs à ses ennemis."

Niobé et Chloé souriaient. "Fascinant. Votre père s'appelle Kronos ?"

Zeus fronça les sourcils, tout comme moi.

"Votre père est toujours de ce monde ?" demanda-t-elle. "J'adorerais le rencontrer."

"Malheureusement non. Je n'ai plus que ma mère, elle est restée sur Prillon Prime, on veille sur elle et on la protège en mon absence."

Basta. "Que faites-vous là Commandant Zeus ?" demandai-je.

Le Commandant Karter se racla la gorge. "Le Commandant Zeus a pris le commandement du Secteur 438."

"Le Cuirassé Zeus remplace le Varsten." Chloé fournissait cette information à mon épouse, comme si Niobé était au courant, ce qui ne faisait aucun doute. Le Varsten avait été détruit par un vaisseau furtif de la Ruche, sa destruction faisait l'objet d'une enquête. Nous n'avions pas, à l'heure actuelle, réussi à identifier les vaisseaux de la Ruche.

D'où la présence de mon unité de chasseurs d'élite. J'avais foulé le sol d'un nombre si incalculable de grottes et vaisseaux abandonnés sur des planètes contrôlées par la Ruche que j'en perdais le compte. Nous n'avions jamais rien trouvé. Aucun plan, aucun bruit, aucune trace de cette nouvelle technologie prouvant où et quand la Ruche comptait déployer un autre vaisseau furtif. Aucun indice indiquant la provenance d'une prochaine attaque mortelle. Quand le prochain cuirassé serait atomisé dans l'espace sidéral.

Ma mission consistait à monter à bord du cuirassé Karter et à me rendre sur Latiri 4 pour affronter la menace. Trouver d'autres informations. Identifier la source afin que la Flotte puisse éliminer la nouvelle arme de la Ruche.

J'avais échoué. Mon bataillon avait échoué.

Non seulement nous avions échoué, mais nous avions attiré les éclaireurs de la Ruche droit sur notre camp de base. J'avais eu largement le temps d'y réfléchir en prison, j'étais arrivé à la seule conclusion possible, la Ruche nous avait suivi à notre camp de base souterrain, *nous* étions responsables de la mort des guerriers de la Coalition qui avaient péri en défendant la base. J'étais responsable de ceux qui souffraient encore dans ce souterrain.

La Ruche nous avait traqués en définitive. Le prédateur était devenu la proie. On s'était fait avoir.

Unique possibilité de réparer mes erreurs : sauver les captifs et décapiter ce connard bleu.

"Concentrons-nous sur la mission."

La suggestion du Vice-Amiral Niobé était un ordre, tous entendirent son autorité sous-jacente. Ils se redressèrent et se départirent de leur sourire.

Je bandai illico, je clignai des yeux pour me concentrer sur ses paroles et oublier son odeur douce et féminine qui emplissait la pièce.

"Le système de transport de Latiri 4 est placé sous mon commandement. Je m'y transfèrerai directement avec la première vague de seigneurs de guerre Atlans —sous la houlette du seigneur de guerre Zan— et coordonnerai l'attaque depuis la salle de transport du troisième sous-sol."

"Je ne comprends pas, Niobé. Pourquoi ? Vous pourriez la coordonner d'ici, depuis le pont de commandement, avec le Commandant Karter." J'étais reconnaissant à Chloé d'avoir posé la question. Je ne comprenais pas l'insistance de ma femme à faire partie de la première vague de transport.

Niobé secoua la tête. "Le système de transport est calqué sur mon ADN. Je fais partie de la première vague de transport, ou personne ne part. Une fois sur place, la salle de transport demeurera verrouillée tant que je n'aurais pas entré mes codes d'activation."

"Un code ADN ? J'ignorais que c'était possible," murmura le Capitaine Seth Mills, le mari de Chloé, se rencognant bras croisés dans son fauteuil.

J'en avais entendu parler mais je ne m'en étais jamais servi. Jusqu'à ce qu'elle vienne nous porter secours.

Ma femme avait verrouillé tout moyen transport de façon à ce que personne—littéralement *personne* —ne puisse entrer ou sortir. D'après ce que j'avais entendu autour de moi, le Prime Nial s'était cassé les dents à essayer de shunter son système de verrouillage.

"Bon sang. C'est pas con."

Chloé sourit aux paroles d'Erica - Dame Karter - mais garda le silence. J'aurais bien aimé voir la tête de Niobé. Était-elle contente ? Énervée ? Agacée ? Ses épaules et ses mâchoires étaient tendues mais c'est tout ce que je pouvais voir de là où j'étais, posté derrière son fauteuil comme une sentinelle.

Je ne comprenais pas à quoi Chloé faisait allusion. Niobé était loin d'être idiote, elle était parfaite, douce, très féminine. Ma femme ne protestant pas, la femme du Commandant Karter semblait satisfaite, je pris le parti de ne pas rétorquer. J'avais vraiment du mal avec l'argot terrien.

Ces moments passés avec Niobé avaient été bien trop brefs. Ces heures précieuses ne m'avaient pas suffi. J'avais besoin de plus. Elle avait un passé, une histoire dont je ne savais pratiquement rien et que je devais encore comprendre. Bien qu'elle soit moitié Everienne, ses paroles, son monde m'étaient inconnus. Il y avait tant de choses que je ne connaissais pas ou ne comprenais pas à son sujet, je devais *tout* savoir.

Je serrai l'épaule de Niobé, qui entrelaça ses doigts aux miens sans se poser de question. Ce qui suffit à me ramener à la réalité, aux plans de bataille. À *elle*.

"Je transfèrerai les guerriers Prillons dès que les seigneurs de guerre me donneront le feu vert," dit-elle en posant de nouveau sa main sur son genou. Le Vice-Amiral était de nouveau parmi nous. "L'attaque aérienne provoquera la distraction nécessaire pour attirer l'attention du gros de leurs combattants aux sous-sols supérieurs. Les équipes de reconnaissance se chargeront de bloquer et retenir les ascenseurs en cas de besoin d'un accès secondaire."

"Nous nous en occupons, Vice-Amiral. Vous avez ma parole," lui assura le Capitaine Mills, sa sincérité ne faisait aucun doute. C'était un guerrier expérimenté, un farouche combattant, respecté de tous à bord du Karter. J'étais bien placé pour le savoir depuis le temps que j'étais à bord.

"Parfait." Niobé acquiesça dans sa direction et pointa du doigt le plan du troisième sous-sol. "Pendant ce temps, je me rendrai directement au troisième sous-sol avec les Atlans. Zan conduira un groupe de guerriers jusqu'à la prison. Le docteur nous a fourni du gaz incapacitant. Nous ignorons dans quel état se trouvent les captifs, nous allons tous les anesthésier, les équiper de capteurs de transport tant qu'ils sont inconscients et les envoyer directement à la Colonie."

"Du gâteau." Le Commandant Chloé Phan posa sa petite main sur la surface translucide de la table, examinant les graphiques en surbrillance.

Je cherchais le mot dans ma mémoire, le neuro-processeur - ou NP – implanté dans chaque membre de la Coalition à la naissance, avait dysfonctionné. Du *gâteau* était un aliment cuit, sur Terre. Qu'est-ce que la nourriture humaine avait à faire dans cette mission ?

"Comment nous procurer autant de capteurs de transport ?" demanda Prax. Le Prillon pouvait s'estimer heureux, il avait été sur Latiri 4 pendant une minute à peine et était resté dans la salle de transport. Il n'avait pas été intégré ou torturé mais savait ce qui allait nous tomber dessus. Il voulait sauver le plus de combattants possible. "La Flotte les conserve jalousement, tels des joyaux."

Ma femme s'étirait dans son fauteuil. "Je m'en charge. J'ai contacté Hélion aux Q.G. des Renseignements, il m'a assuré que les capteurs nécessaires seront à bord du Karter sous l'heure." Zeus, le nouveau Commandant Prillon, nous regardait méchamment, bras croisés, ma femme y compris. Son visage était couturé de cicatrices, dont une encore à vif.

J'avais entendu parler de cette coutume qu'avait les Prillons de se battre dans l'arène, et de ne pas opter par la case caisson ReGen pour guérir, ils arboraient les stigmates de la bataille comme des médailles, preuve qu'ils avaient dignement gagné leur grade de commandant Prillon. L'idée, bien qu'intéressante, était stupide. Combattre ? Et comment ! J'adorais ça. Mais je ne voyais pas pourquoi je refuserai l'aide d'un caisson ReGen pour guérir. Rien ne devait me distraire du corps de ma femme.

Je n'aimais pas ce type, il avait une sale tête. Un connard de Prillon collet-monté qui se la pétait.

Ma femme s'éclaircit la gorge. "Vous capturerez le Nexus et me le livrerez vivant. Ne le blessez en aucun cas. Trouvez-le et amenez-le-moi. C'est un ordre. Est-ce bien clair ?"

Tout le monde acquiesça autour de la table, je voyais la colère luire dans les yeux de Zan, pur reflet de la mienne. Je comprenais les ordres. Je respectais l'échelon de commandement, bien que je ne fasse pas partie de la Flotte de la Coalition à proprement parlé—j'étais plutôt un sous-traitant. Elle nous demandait l'impossible. Ce Nexus devait mourir.

"Il doit mourir, Vice-Amiral."

Je la sentis se contracter sous ma main, elle se redressa et s'écarta de ma main posée sur son épaule. "Il mourra, mais pas sur Latiri 4. Me suis-je bien fait comprendre ?"

Un chœur de oui s'éleva.

Les Commandants Karter et Phan acquiescèrent.

Je désapprouvais mais n'allais pas aller à l'encontre de ses ordres. Pas maintenant, en public. Je parviendrai à mes fins une fois seul, ma bite serait alors bien au chaud. Vengeance. Entre temps, j'avais des questions. "C'est quoi le gaz incapacitant ? Tu parles du *Docteur* Hélion ? C'est quoi le Q.G. ?" D'autres termes humains que je ne comprenais pas ?

Le Commandant Chloé Phan, une humaine, me sourit, elle regarda ma femme un bref instant avant de répondre à mes questions. "Désolée. C'est de l'argot terrien. Le gaz incapacitant va endormir les prisonniers afin qu'on puisse les transporter sans qu'ils opposent de résistance. Q.G. c'est l'abréviation de quartier général. La base des Renseignements."

Je savais ce que Niobé ressentait lorsque son vagin enserrait ma bite. Je savais à quoi elle ressemblait quand elle jouissait. Je connaissais la couleur de ses tétons, mais je commençais à comprendre que j'ignorais complètement qui elle était vraiment.

# 8

## Niobé, Salle de Transport, Latiri 4

ENTOURÉE par une vingtaine de guerriers Atlans, la moitié déjà presque transformés en bêtes, je ne parvenais pas à voir le combat qui faisait rage derrière leurs larges épaules. Je levai instinctivement la main et essayai de pousser le gigantesque guerrier à côté de moi.

Un coup d'épée dans l'eau. Il se retourna et me grogna dessus. Il n'était pas encore en mode bête mais son regard luisait déjà étrangement. Il était à deux doigts d'achever sa métamorphose ... pour me protéger. Sa rage et sa fureur de bête ne m'étaient pas destinées.

"Ne bougez pas, Vice-Amiral. Le seigneur de guerre Zan vous donnera le feu vert." Je ne connaissais pas l'Atlan qui lui parlait, et peu importe d'ailleurs. Ils étaient là pour sauver leurs camarades Atlans tout comme le reste des prisonniers encore vivants sur la base. D'après Zan, la plupart des captifs étaient des combattants du bataillon Karter. Des amis. De la famille. Il ne s'agissait pas d'une mission de reconnaissance basique pour ces combattants, ils en faisaient une affaire personnelle. J'étais un élément crucial pour leur mission. Ils étaient tous là. Personne ne quitterait cette planète sans mon autorisation tant que je n'aurais pas déverrouillé cette base.

Qu'ils soient de la Ruche ou de la Coalition.

Prisonniers ou guerriers.

"Excusez-moi," répondis-je en lui adressant un signe de tête avec déférence. "J'ai servi presque dix ans en équipe de reconnaissance. C'est instinctif."

L'Atlan hocha la tête, compréhensif, et se tourna face au couloir, des bruits du combat se faisaient entendre. Je reculai et essayai de patienter tandis que les hurlements et les décharges de pistolets laser venaient jusqu'à moi, bien que les guerriers me bloquent la vue. Les Atlans n'étaient pas loquaces mais ça me convenait parfaitement. Ils se tapaient le sale boulot.

Peu de temps avant, nous étions sur la plateforme de transport du Cuirassé Karter, et l'instant d'après, à l'intérieur d'une ex-base de reconnaissance de la Coalition, à huit cents mètres sous terre. Là où tout avait commencé. Ça remontait à si longtemps que ça ?

Bon sang, Rachel et Kira allaient paniquer quand elles découvriraient ça. Elles s'attendaient à me contacter pour que je leur fasse part de mes parties de jambes l'air. Oh, certes, mais pour le reste ? Ce désastre de la Ruche ? Ça avait été totalement inattendu. Tout ça, c'était parce que j'avais passé le test et épousé Quinn.

Nous étions bel et bien piégés. Théoriquement, la Ruche n'avait nulle part où aller, pas avec les systèmes de transport et opérationnels verrouillés. Je les avais piégés à l'intérieur, les portes, pupitres de commandes gérant les communications et le transport étaient scellés grâce aux codes des Renseignements, dont je n'aurais jamais imaginé devoir faire un jour usage.

Peu importait que le Nexus soit en mesure de communiquer avec les autres Nexus via une sorte de système de communication psychique interne. Nous n'avions aucun moyen de le savoir, voilà pourquoi le Docteur Hélion m'avait communiqué de nouveaux ordres top secret juste avant l'assaut. Je devais capturer ce Nexus vivant —rien de neuf. Mais il avait mis la barre plus haut encore. Je devais capturer ce Nexus vivant … *coûte que coûte*. J'avais été informée, à mots couverts, que peu importait le nombre de guerriers sacrifiés pour parvenir à mes fins. J'allais devoir mentir, tricher, voler, tuer ou y laisser ma peau, pour que ce Nexus soit livré aux médecins des Renseignements. Je devais choper ce connard bleu si je voulais gagner la guerre.

Hormis ces nouveaux ordres, Hélion avait fait parvenir directement deux capteurs dans mon appartement provisoire. Même le Commandant Karter n'était pas au courant. Il savait, bien évidemment, que nous avions reçu l'ordre de capturer le Nexus vivant mais ignorait totalement jusqu'où Hélion serait prêt à aller pour sa capture.

Je savais que les Renseignements voulaient la peau de ce connard à la peau bleue mais la teneur de son message m'avait franchement choquée. Ils ne voulaient pas seulement le Nexus, il était prêt à sacrifier des centaines de guerriers pour mettre la main dessus. *Vivant*. Là résidait toute la difficulté. Il devait être en vie, intact, sans aucunes blessures.

"Pas la moindre égratignure," pour reprendre les termes d'Hélion.

Aux dernières nouvelles, un Nexus avait été sur la Colonie voilà plusieurs mois. Un hors- la-loi Forsian de Rogue 5 du nom de Makarios et une humaine qui —sans que personne soit au courant— avait été modifiée pour devenir l'épouse de l'une de ces créatures Nexus, s'étaient évaporés à bord d'un vaisseau volé. La Flotte n'avait pas réussi à les prendre en chasse, au grand dam d'Hélion. Ils apparaissaient et disparaissaient comme des fantômes.

Satanés pirates et contrebandiers de Rogue 5. Il ne faisait aucun doute que ce pilote Forsian connaissait les moindres recoins de l'espace comme sa poche. Avec sa jeune épouse, Gwendolyn Fernandez, une Terrienne, ils s'étaient servis du vaisseau pour s'emparer d'avant-postes de la Ruche. L'un après l'autre. Ça me rappelait le *Faucon Millennium* de *Star Wars*. Un vaisseau, seul contre le côté obscur de la Force.

J'avais pris connaissance des rapports. J'appréciais certes leurs efforts mais ils étaient devenus de vrais scélérats échappant au contrôle des Renseignements, le Docteur Hélion détestait les têtes brûlées ou les soldats réfractaires. J'aurais presque poussé un cri de joie à chaque fois que je lisais un rapport dans lequel Gwen remuait la merde. Mais en tant que Vice-Amiral, je me rangeais aux côtés du Docteur Hélion. Nous pourrions accomplir bien plus ensemble, s'ils revenaient et acceptaient de joindre leurs efforts aux nôtres.

Nos tentatives de les joindre avaient pour seule et unique réponse une phrase pour le moins succincte.

*Personne ne nous emprisonnera.*

Je me doutais bien qu'Hélion les avait assurés qu'il irait dans leur sens s'ils acceptaient d'obtempérer.

C'était un mensonge, bien évidemment. Ils seraient emprisonnés et entraînés, libérés sous le contrôle strict des Renseignements, très probablement un à la fois, garanti sur facture.

Le Docteur Hélion était impitoyable, mais je comprenais sa logique. Il ne s'agissait pas d'une seule planète, d'une seule espèce, d'un seul système solaire en péril dans cette guerre, mais de nous tous. Lorsque cette donnée entrait en ligne de compte, plus rien n'était en mesure de faire basculer l'équation. Il était prêt à tout risquer ou sacrifier pour combattre la menace de la Ruche. Ce qui voulait dire attraper ce Nexus. Vivant.

Quelques centaines de guerriers du Cuirassé Karter n'étaient rien à ses yeux, comparé au succès total de cette guerre interminable, surtout avec un Nexus sous la main.

"Bien reçu." Un rugissement rauque s'éleva dans la pièce, les cinq Atlans qui avaient formé un mur de protection compact autour de moi s'écartèrent afin que je puisse constater les dégâts.

La Ruche s'attendait à être attaquée. Au lieu de trois Vikens intégrés aux commandes de la salle de transport, six guerriers Prillons intégrés gisaient au sol près du pupitre de commandes.

J'ignorais s'ils étaient morts ou simplement évanouis et je ne comptais pas leur poser la question. J'avais mieux à faire. Je devais déverrouiller le système de transport du premier sous-sol afin que Quinn et le reste de nos troupes d'assaut puissent entrer.

Je consultai la montre à mon poignet. "Trois minutes

avant l'attaque." L'Atlan devant moi poussa un grognement. "On aura terminé d'ici là."

Je lui souris, c'était plus fort que moi. "Trouvez le Nexus et prévenez-moi immédiatement. C'est compris ? Que personne ne le touche sans mon autorisation."

"Nous avons bien compris les ordres, Vice-Amiral." L'Atlan se métamorphosait devant moi, devenait plus grand, plus large, ses mâchoires s'allongeaient, forcissaient. Son sourire s'était fait menaçant, effrayant. Je me fichais de sa démonstration de force.

"Il est à moi, Seigneur de guerre. Dites-le à vos collègues. Le premier qui le touche, je lui arrache les couilles."

Son rire tenant lieu d'un mugissement retentit dans tout le corridor tandis que je me dirigeais vers le pupitre de commandes et déverrouillais le transport du premier sous-sol. J'avais contacté le Karter, sachant que mon mari écouterait de là où il était sur la plateforme à bord du cuirassé. S'inquièterait.

"Karter, ici le Vice-Amiral Niobé. Transport numéro trois prêt. Récupération des prisonniers en cours. Verrouillage du premier sous-sol désactivé. Parés pour le transport."

"Des blessés ?" Le Commandant Karter s'exprimait d'une voix claire et posée. Il ne parlait pas pour lui, mais pour le reste de ses troupes. Ils avaient de la famille en bas, des fils, des maris, des frères.

Je regardai l'un de trois Atlans assignés à ma sécurité— et la plateforme de transport. "Seigneur de guerre ?" demandai-je.

Il souleva un Prillon du sol et le déposa sur la plateforme. "Aucun pour l'instant. On essaie d'en sauver le plus possible."

Il parlait d'un ton peiné, voire résigné. Nous avions tous perdu des amis dans cette guerre. "Aucun blessé à déplorer. Opération en cours."

"Bien reçu. Nous amorçons le transport au premier sous-sol. Attaque aérienne imminente."

"Bien reçu. Préparez la Colonie à accueillir les guerriers."

"Dans quel état sont-ils ?"

*La* question piège. Mais Karter savait que je n'allais pas mentir ou travestir la vérité. Je contemplai le troisième Prillon posé sur la plateforme. Argenté, des pieds à la tête. En comparaison, le guerrier à côté de lui avait eu plus de chance, la Ruche n'avait réussi qu'à poser des implants sur ses avant-bras. "Ça dépend. Certains sont totalement intégrés. Dites au Docteur Surnen qu'il ne réussira probablement pas à les sauver tous."

"Bien reçu. Karter, terminé."

"Niobé, terminé." Je fixai le pupitre de commandes jusqu'à ce que j'aie la certitude que le groupe de Quinn ait effectivement atteint le premier sous-sol avant de débarrasser le plancher et rejoindre le deuxième sous-sol. Les Atlans emmèneraient les prisonniers retenus à ce niveau en prenant l'unique ascenseur du deuxième sous-sol pour retrouver l'unité d'assaut du premier sous-sol quelque part entre les deux niveaux.

Tel était le plan.

Seul problème, nous ignorions où se cachait le Nexus—ni de quoi il était réellement capable—ce qui risquait de changer la donne.

Je fis signe à un des Atlans d'approcher et posai la main

sur le passe biométrique afin que le système le scanne. "Vous êtes désormais chargé du transport, Seigneur de guerre."

Les deux autres s'arrêtèrent, l'un laissa carrément tomber le dernier des six Prillons sur la plateforme dans un bruit sourd. "Que faites-vous, Vice-Amiral ?"

"Vous êtes désormais tous trois responsables de cette salle. Je pars à la chasse." Était-ce mon imagination ou un vœu pieux mais j'avais l'impression de le *sentir*. Le Nexus. Son odeur nauséabonde collait à mon mari lorsque je l'avais libéré de sa cellule, que j'apercevais au bout du couloir. J'ignorais à l'époque quelle était cette odeur étrange mais j'avais fait le lien, depuis que Quinn m'avait parlé du temps passé ici.

Quinn le prendrait en chasse lui aussi, par esprit de vengeance. Tous les participants de la mission avaient reçu l'ordre de s'emparer du Nexus vivant, mais je connaissais bien mon mari. J'avais vu son regard meurtrier, et je ne pouvais pas le blâmer. Pas vraiment. Cette créature avait torturé Quinn, tué ses amis et forcé Quinn à regarder. Quant à Zan, j'ignorais ce que cet Atlan avait dans le crâne.

Le Nexus méritait de mourir, des *accidents* survenaient tous les jours, sur le champ de bataille.

Mais pas aujourd'hui. Je sentais l'odeur de ce Nexus, il était encore ici il n'y a pas bien longtemps.

Pour la première fois de ma vie, je me sentais l'âme d'une vraie chasseresse Everienne. Le sang de mon père coulait dans mes veines, l'excitation de la traque me galvanisait. Je n'avais pas peur de mes talents spéciaux. Je n'étais pas une folle. J'étais puissante. Unique. Spéciale.

Grâce à Quinn. Il m'avait acceptée telle que j'étais.

M'avait désirée sans même me connaître. Il voulait de moi. Il m'avait *traquée*.

Pour la première fois de ma vie, je chassais dans un but précis. Je devais protéger quelqu'un. Un être cher.

Que j'aimais. Quinn.

J'en faisais une affaire personnelle.

Ce connard à la peau bleue m'appartenait.

# 9

uinn, *Base Souterraine Latiri 4, Deuxième Sous-Sol*

Le Nexus était accroupi face à moi, son regard noir insondable et inexpressif, sans aucune réponse à la douleur. Il n'anticipait pas ses mouvements, le bout de ses doigts était muni de longues griffes incurvées aussi affûtées qu'un rasoir. Il était presque aussi rapide que moi, un chasseur d'élite.

Enfin presque.

Sa joue gauche saignait, la vue de ce sang bleu foncé me redonnait le sourire, nous nous tournions lentement autour. Le premier sang avait coulé, j'avais tout mon temps, je l'achèverais. Je le tuerais de mes propres mains sans me presser, comme il l'avait fait avec moi. Il avait torturé les chasseurs sous mon commandement et m'avait forcé à regarder, à écouter leurs hurlements pendant que j'étais affaibli et sans défense, alors qu'il tuait de valeureux guerriers avec lesquels j'avais grandi, des frères d'armes.

De vrais frères, même si nous n'avions aucun lien de sang. Mes frères. Ma famille.

Un cercle de guerriers silencieux nous entourait. Il n'y avait aucun encouragement, aucune incitation de la part des autres combattants qui avaient atterri ici avec moi. Non seulement j'avais personnellement survécu à ses tortures mais ma partenaire nous avait tous libérés. Sans la présence de *ma femme,* le Commandant Karter n'aurait jamais su que la Ruche s'était emparée de cette base, tous les guerriers que nous étions venus secourir seraient perdus corps et âmes.

Grâce à ma femme, j'avais le droit d'en finir, les guerriers qui m'entouraient ne risquaient pas de dire le contraire. Ni de m'arrêter, en dépit des ordres. Ils savaient. Ils comprenaient.

Cet enculé avait torturé *nos amis, notre famille.*

Nous étions là depuis une heure à peine. L'attaque avait été rapide, le plan s'était déroulé à la perfection. Nous étions tous arrivés ensemble, des combattants issus de formations différentes mais avec un seul et même but. La mission était une réussite. Chaque combattant de la Coalition contaminé, intégré et capturé avait été transporté sur la fameuse planète baptisée la Colonie, ou dans un dispensaire à bord du Karter. Je n'enviais pas le boulot des médecins, ils allaient devoir décider qui sauver et qui laisser mourir. Contempler le corps des guerriers se désintégrer sur la table une fois les implants de la Ruche ôtés. Devoir annoncer aux familles que leurs proches ne reviendraient jamais plus, qu'ils étaient bannis à vie sur une planète rocheuse, loin de chez eux.

Pourquoi certains survivaient à l'ablation des implants de la Ruche et d'autres pas demeurait énigmatique.

Ce connard bleu face à moi le savait certainement mais discuter avec lui ne m'intéressait aucunement, je n'avais qu'une envie, qu'il saigne, qu'il crève.

J'entendis les portes de l'ascenseur s'ouvrir, le murmure des combattants situés aux différents sous-sols allait crescendo. Nous étions entourés d'une bonne douzaine d'Atlans, des statues silencieuses n'ayant qu'un seul et même but— s'assurer que le Nexus n'en sorte pas vivant.

Si je ne le tuais pas, ils le déchiquèteraient.

Les Renseignements le voulaient vivant. Nous le savions.

Mais j'en faisais une affaire personnelle. Il était à *nous*. Il allait mourir.

"Pourquoi perdre ton temps, Everien ? Tu ne sais même pas te battre." Le Nexus me questionnait d'une voix totalement dénuée d'émotion. Je doutais qu'il sache ce que narguer voulait dire, c'était pourtant ce qu'il faisait. Sa peau bleu foncé couturée semblait tissée de fils argentés scintillants qui faisaient de lui un être monstrueux, ces fils se *déplaçaient* tels des serpents qui s'enroulaient et se déroulaient sous sa peau. Le mouvement était fugace, lent, réfléchi. Seul un chasseur était à même de détecter les subtiles nuances de bleu qui composaient son pseudo-visage, l'effet était tel qu'il lui conférait presque un semblant de normalité. *Avait-il un visage ?* À moins que cet assemblage de chairs n'ait été spécialement créé pour cette galaxie, exclusivement pour nous ? De quoi était-il fait sous son uniforme, ce métal et cette étrange peau bleue ?

Peu importait de quoi était fait le Nexus, il n'était pas des nôtres, nous étions êtres vivants qui respirions, avec une âme. Lui était une *chose*.

La sensation d'étrangeté grandissait alors que je l'observais ; en dépit de cinq minutes de bagarre acharnée avec un chasseur d'élite, le Nexus ne montrait aucun signe de faiblesse ou de douleur. Il saignait mais *ressentait-il* quelque chose ? La vie ou la mort avait-elle une importance à ses yeux ? Son hideuse boîte crânienne bleue abritait-elle des émotions ?

"Je vais te tuer," déclarai-je d'un ton calme. J'énonçais un simple fait. Point final.

"Tes menaces répétées sont totalement inutiles." Il se fichait complètement de vivre ou de mourir, je comptais bien le faire souffrir d'autant plus. Mais souffrirait-il ? Je n'en savais rien et peu importait, il allait souffrir.

"Et si on parlait de tous les combattants intégrés que tu as perdu aujourd'hui ?" demandai-je.

S'il avait pu hausser les épaules, il l'aurait fait. "Facilement remplacés. Ce secteur de la galaxie regorge d'organismes gorgés d'eau, en tous points identiques au tien."

Ce *secteur* de la galaxie ? Merde. La Ruche se trouvait dans notre galaxie, mais également dans d'autres ? Jusqu'où s'étendait la menace ? Chaque planète avait un nom de galaxie différent. La Flotte de la Coalition avait assigné un numéro à notre galaxie mais pour les combattants tels que moi, les innocents habitant sur les planètes que nous protégions, cette galaxie était chez nous. Le domaine de la Coalition.

"Que trouves-tu dans d'autres secteurs de l'univers ?" Il exerçait sur moi une fascination morbide. Je parlais à l'un des cerveaux de la Ruche, à l'un de leurs chefs. Je n'étais plus enchaîné en cellule. J'étais l'un de ces organismes gorgés d'eau.

"Nous avons intégré une multitude d'autres formes de vie."

C'était quoi ce bordel ? "Par exemple ?"

Il pencha la tête comme s'il prenait conscience de la sincérité de ma question, du raisonnement sous-jacent. "Vos formes de vies primitives ne sont pas en mesure de comprendre la complexité qui vous entoure."

*Des formes de vies primitives ?*

Bordel, il était malveillant, arrogant et très *lent*.

Je bougeai sans prévenir, lui décochai un coup de l'autre côté de la gueule.

Il saignerait de partout, aurait des centaines de coupures dès que j'en aurais terminé avec lui.

J'allais le tuer. Je souriais, les yeux plissés, prêt à lui infliger la suite.

"Ça suffit ! Qu'est-ce qui se passe ici ?"

Je me figeai net, le Nexus tourna la tête en direction d'une voix on ne peut plus féminine. Celle de ma femme. Ma partenaire. Je faillis perdre mon sang-froid en voyant sa tête à lui. Comme s'il *l'attendait*.

"Recule, Niobé. Il est dangereux," criai-je derrière mon épaule, je craignais de quitter ma proie des yeux. Il n'était pas aussi rapide que moi mais serait impossible à arrêter si je ne le surveillais pas au moment où il esquisserait son premier geste. Même entouré d'Atlans.

"Dégagez," hurla-t-elle, le cercle des combattants s'élargit.

Ma femme avança, flanquée de deux seigneurs de guerre Atlans, la tête haute, avec un air que je ne lui avais encore jamais vu.

Non. Je l'avais déjà vu une fois, lorsqu'elle avait tué ces

trois Vikens intégrés la première fois que nous nous étions rencontrés, ici-même—juste avant qu'elle me libère.

"Seigneurs de guerre, mettez ce Nexus en lieu sûr s'il vous plaît, et amenez-moi jusqu'à lui."

"Non. Niobé, non," dis-je.

Elle me jeta un regard glacial, elle ne me quittait pas des yeux. Tous les Atlans composant le cercle avaient obtempéré, ils avancèrent et érigèrent un mur massif de deux mètres cinquante de haut.

Il n'irait nulle part.

Niobé ne me laisserait pas le tuer.

Je me tournai et tombai sur Zan, je le regardai longuement afin d'être bien sûr qu'il comprenne où je voulais en venir.

Je compris, à son imperceptible hochement de tête, que non seulement il savait, mais qu'il était d'accord. Je discuterais avec Niobé en privé, la convaincrais que ma demande — *notre* demande—était légitime. Le Nexus devait mourir. Maintenant. Devant tous les combattants qu'il avait torturés, qui avaient perdu des frères, des pères, des familles.

Zan prit ma place devant le Nexus tandis que deux autres seigneurs de guerre s'occupaient de lui, enchaînaient ses poignets et ses chevilles. Notre ennemi était pieds et poings liés, prêt à être livré au Vice-Amiral en moins d'une minute.

"Zan, surveille-le," dis-je.

"Oui, monsieur." Je n'étais pas plus gradé que cet Atlan, je n'avais pas vraiment de grade dans l'ordre hiérarchique de la Coalition. Les chasseurs d'élite étaient des membres des forces spéciales, ce qui leur conférait toute latitude quant aux ordres à suivre, et à qui en référer.

Mais cette liberté ne s'appliquait pas au grade qu'occupait Niobé. Un commandant ? Oui, dans certaines circonstances. Un capitaine ? Je ne m'en préoccupais même pas.

Mais un Vice-Amiral ? Ma femme qui plus est ? Je devais la persuader d'agir au mieux.

Je m'approchai et me penchai vers Niobé. "On peut se parler en privé ?"

Son regard passa du monstre bleu à moi, elle m'adressa un bref hochement de tête et m'entraîna vers l'ascenseur resté ouvert. Elle entra et referma la porte, nous étions seuls.

Elle leva les mains sur mon visage qu'elle inspecta avec une intensité que je n'avais jamais vue auparavant, pas même de la part d'un médecin. Son attention, son inquiétude quant à mon bien-être était une notion toute nouvelle pour moi. J'avais certes des sœurs qui me harcelaient et me taquinaient mais jamais une femme ne m'avait regardé de la sorte.

Comme si j'avais de *l'importance*. Que je comptais pour elle.

Comme si elle m'aimait.

Niobé m'aimait ? Je m'excitai devant pareille éventualité mais me forçai à me calmer. Je ne la connaissais que depuis aujourd'hui. Merde, seulement ? Elle m'aimait peut-être déjà en fin de compte. Elle me donnerait ce que je voulais si elle m'aimait vraiment. Je devais tuer ce putain de monstre de l'autre côté de ces portes.

"Il mérite la mort, Niobé," déclarai-je sans détour, son regard s'assombrit, ses mains retombèrent le long de son corps.

"Je suis d'accord avec toi."

Je soupirai. Dieu merci.

"Parfait. Alors la discussion est close. J'en termine avec lui, on retourne à bord du Karter et on apprend à faire connaissance." C'est à dire regagner le cuirassé, la laver sous toutes les coutures et la posséder jusqu'à ce qu'elle perde connaissance, épuisée. Voilà l'idée que je me faisais d'une journée totalement folle.

Elle secoua la tête. "Non. Il m'accompagne au Service des Renseignements."

Je l'attrapai par les épaules et secouai la tête avant même qu'elle termine sa phrase. "Non. Il est à moi."

Elle plissa les yeux, son regard tomba délibérément sur mes mains placées sur ses épaules. "Chasseur d'Elite Quinn, lâchez-moi immédiatement. Ne vous avisez pas de toucher ce Nexus. Vous allez rester dans cet ascenseur et retourner au premier sous-sol, vous repartirez sur le cuirassé Karter et y serez puni pour insubordination."

Je voyais rouge.

Putain de merde. Ce n'était pas ma femme. Pas la femme que j'avais prise dans mes bras et qui avait joui sur ma bite. C'était un agent des Renseignements, un Vice-Amiral, un officier de la Coalition qui pouvait me jeter en prison pour ce que j'avais fait. Mais elle était d'accord avec moi. Je ne comprenais pas.

Je retirai lentement mes mains. "Niobé ..."

Elle releva la tête. "Tu t'adresses à un Vice-Amiral. J'emmène le Nexus au service des Renseignements, comme l'exige le Prime Nial en personne, je serai de retour à l'Académie dans une semaine environ. Tu iras voir le Commandant Karter pour recevoir ta sanction disciplinaire."

"Non. Je. Niobé—"

Elle me regarda d'un air pénétrant, je réalisai que j'étais dans le pétrin ... mais je m'en fichais. Je ne pouvais pas—je ne voulais pas—parler à ce Karter, ou tout autre supérieur d'ailleurs.

Je déglutis péniblement. "*Vice-Amiral*, le Nexus a tué tout mon bataillon et m'a forcé à regarder. Il m'a torturé pendant des jours. Il a exécuté de son propre chef des milliers de combattants de la Coalition et un nombre encore plus important d'innocents. Il doit mourir."

Elle agita la main, les portes de l'ascenseur s'ouvrirent. Son regard ne recelait aucune pitié—aucun amour—merde, aucune émotion. On aurait dit un Nexus. Elle avait verrouillé ses émotions. "Tu as entendu les ordres, Chasseur. Je ne le répèterai pas."

Elle sortit de l'ascenseur et la foule des combattants s'écarta comme par magie, en deux rangées impeccables. Ils évoluaient en silence, laissant la place au Nexus agenouillé, mains liées dans son dos, chevilles entravées, un linge noir sur le visage.

Niobé ne me regarda même pas. Elle extirpa deux petites balises de transport, en plaça une sur le Nexus, une sur elle, ils disparurent tous deux à la seconde. Sans aucune vibration du sol ni cheveux hérissés.

Zan se tenait à la place précédemment occupée par le Nexus voilà encore quelques instants, poings serrés, les muscles de son cou saillaient, il avait du mal à contenir sa bête.

Il avait eu autant envie de tuer que moi, mais ma femme nous en avait empêché.

Non. Je réalisai, devant cette assemblée de combattants abasourdis et silencieux, que nous en avions tous été privés. Je franchis le seuil de l'ascenseur, m'arrêtai en me souvenant qu'elle m'avait ordonné de me rendre au premier sous-sol et de rejoindre le Cuirassé Karter pour ma *sanction disciplinaire,* et m'effondrai.

Ma femme ... non, le Vice-Amiral ... non, *ma femme* m'avait trahie. Elle nous avait tous trahis.

J'avais eu moins d'un jour pour conquérir son cœur et j'avais échoué.

Non seulement elle avait refusé que je le tue, mais elle m'avait laissé en plan.

## 10

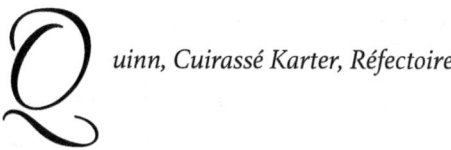

*Quinn, Cuirassé Karter, Réfectoire*

"Que faites-vous ici, Chasseur ?" demanda Karter tandis que j'approchai. Nous étions assis à une table dans un coin du réfectoire situé sous le pont de commandement. La salle était encore comble voilà quinze minutes avec ceux qui avaient terminé leur quart et ceux qui mangeaient en prévision du leur. Des machines S-Gen s'alignaient sous les fenêtres. L'univers était aussi sombre que mon âme. Les étoiles et les galaxies s'étendaient à perte de vue, ma femme était sur l'un de ces points blancs scintillants. À des années-lumière.

Le Commandant Karter attendait ma réponse, avec le tintement des assiettes et couverts en toile de fond. Je sentais l'odeur de centaines de repas, pas du tout celle de ma femme. Elle n'était pas à bord du cuirassé. Je le savais, non seulement parce que je l'avais vue partir pour Latiri 4 ... quelque part avec ce connard bleu, je ne sentais pas son odeur. Je ne sentais pas son odeur ni les battements de son cœur. Je ne sentais rien.

Elle était ... partie. Une semaine s'était écoulée depuis la mission qui consistait à s'emparer de la base aux mains de la Ruche. Depuis que la Coalition avait repris et démantelé le territoire situé près de la base. La base n'existait plus, je n'avais plus rien à faire dans ce secteur.

Les choses allaient vite. La vie reprenait ses droits. Pas moi. Ma femme était partie depuis une putain de semaine. Pas un mot. Pas un message. Je l'avais connue sept heures à peine ... et plus rien. Ma vie était dénuée de sens.

"Alors ?" demanda Karter en s'asseyant sur une chaise. Trois combattants moins gradés qui venaient de terminer leurs repas à la table derrière nous se levèrent et partirent sans demander leur reste. Ils n'avaient visiblement pas apprécié le ton de leur Commandant.

Ils n'avaient rien à craindre, c'est à moi qu'il en voulait. Un médecin en blouse verte s'approcha et lui tendit une tablette. Karter y jeta un œil et acquiesça, l'homme s'éloigna sans un mot.

"Ça fait une heure qu'il le lui a demandé," lui dit Dorian, le Prillon blond marié au Commandant Chloé Phan. "Il est furax mais ne le montre pas."

Nous avions terminé notre repas ; plateaux et assiettes sales jonchaient la table. Zan et Zeus étaient allés chercher à boire aux distributeurs. Je n'avais pas pris le soin de répondre ni d'examiner les options offertes lorsque le comité Everien m'avait donné le feu vert pour quitter le Cuirassé Karter afin d'embrayer sur une autre mission.

Je me fichais de faire du fric. J'étais déjà riche. Ma

famille, mes frères et sœurs, leurs partenaires, mes neveux et nièces ne manquaient de rien grâce à ce que j'avais gagné en combattant. Les Élites étaient rétribuées à prix d'or.

Mais en fait, je n'avais envie d'aller nulle part, seul, sans *elle*.

Zeus posa bruyamment un gros verre d'alcool sur la table devant moi, un liquide ambré épicé provenant d'Everis. Les autres sirotaient un alcool clair originaire de Prillon Prime. Dorian buvait de la bière, une boisson terrienne que sa femme et Seth, le deuxième du trio Prillon, appréciaient sur leur planète.

J'étais avachi dans mon fauteuil, bras croisés, mon verre à moitié vide en main. Les jambes croisées allongées devant moi, à première vue je donnais une apparence plus détendue que ce que j'étais. J'avais désormais une brève idée de ce que ressentait un Atlan séparé de sa femme. Il leur manquait un morceau d'eux-mêmes. Je n'avais pas de bracelet. Pas de collier Prillon. J'avais l'impression qu'on m'avait arraché l'âme.

Je n'arrivais même plus à respirer.

Je n'avais connu Niobé que pendant ... merde alors, un jour à peine ? Je m'étais fait avoir.

"La bataille est terminée depuis plusieurs jours et il est comme ça depuis. Il ne parle pour ainsi dire pas," dit Zan, préoccupé.

"Tu n'es pas censé être à la Colonie ?" demandai-je. Il comptait remuer le couteau dans la plaie, moi aussi alors.

"Je pars demain, Quinn. Mais le Prime Nial a levé l'interdiction, les guerriers contaminés peuvent désormais rentrer chez eux." La résignation se lisait dans sa voix, et non l'espoir. C'était un bon guerrier. Un ami.

"Je suis navré, Zan. Je me suis comporté comme un sale con. Qu'est-ce que tu vas faire ? Rentrer chez toi ?"

Il haussa les épaules, ce mouvement imperceptible masquait une montagne de douleur. "Non. Ils auront peur de moi malgré la levée de l'interdiction. Je ne m'y sens plus chez moi, je doute fort qu'on me trouve une femme. Pas dans cet état en tous cas." Il était conscient de son apparence.

"J'ai appris qu'il n'y avait pas beaucoup de femmes à la Colonie. Si c'est une femme que tu veux, tu ferais mieux d'aller sur Atlan." Zeus, le Commandant Prillon, m'a donné le conseil suivant "Qu'ils aillent se faire foutre. S'ils ont peur, c'est leur problème."

Zan secoua la tête et but une autre gorgée au lieu de répondre, personne ne l'y encouragea d'ailleurs. C'était sa vie, ce qui en restait du moins. Je n'avais plus rien à dire, penser aux femmes virait à l'obsession.

Je ne savais pas trop ce qu'il allait faire. Il était bien déterminé à retourner sur Latiri 4 mais *était* intégré. Et pas qu'un peu. Il *devait* se rendre sur la Colonie. Suivre le protocole. Ce n'était plus une obligation grâce aux nouvelles règles instaurées par le Prime Nial. Karter ne l'enverrait pas de force. Mais est-ce que la période de transition de Zan ne lui serait pas plus profitable à la Colonie, entouré de personnes qui le comprenaient ? Ferait-il mieux de retourner sur Atlan pour tenter sa chance ?

Karter ne le poussait apparemment pas à partir. Mais moi oui, visiblement.

Je respectais le Commandant, mais à cet instant précis, je ne le portais pas dans mon cœur. Il se foutait de ma gueule depuis plusieurs jours.

Karter m'avait anéanti, je réprimai mes paroles en me

mordant la langue. Je n'étais pas sous ses ordres, techniquement parlant mais j'avais mieux à faire qu'insulter le Commandant d'un bataillon Prillon sur son putain de vaisseau. "Laissez-moi tranquille, tout va bien."

"Il n'a pratiquement rien dit depuis que le Vice-Amiral est partie sur Latiri 4 avec le Nexus," expliqua Zeus. Comme s'il était utile de le préciser. Tout le monde était au courant. Dorian était au sol et *il* savait. Ces combattants gradés étaient de vraies nanas, à bavarder et cancaner. "Depuis plusieurs jours."

Je soupirai.

"Exact," lâcha Karter. Ses épaules étaient tendues, son regard, sévère. Il ne se détendait jamais ? "Je répète, qu'est-ce que vous fichez ici ?"

Seth offrit un verre au commandant. Karter acquiesça en guise de remerciement et but une gorgée tandis que Seth s'installait en face de moi. Cinq combattants de la Coalition étaient assis autour de moi, me dévisageaient en buvant. À l'affût de mes pensées et sentiments les plus secrets.

C'était quoi ce bintz ? Une discussion entre quat'z'yeux ?

"Commandant Karter." La voix du chef du service des communications se fit entendre à son poignet.

"J'écoute," dit-il en levant son bras pour parler.

"Les données demandées sont arrivées de Prillon Prime."

"Envoyez-les-moi," répondit-il.

"Affirmatif."

"Excusez-moi Commandant, les questions directes ne fonctionnent pas avec cet imbécile d'Everien," affirma Dorian une fois que Karter eut mis un terme à sa communication.

Dorian essayait de me remonter le moral en faisant de

l'humour, en sortant une petite plaisanterie sympa. Karter, c'était tout le contraire.

Je bus une gorgée. C'était mon second verre, pas suffisamment pour que je sois saoul, dommage, et que je puisse ainsi ravaler ma colère. Combien d'hommes de la galaxie voyaient leur femme s'en aller le premier jour de leur rencontre ?

Karter soupira. "Ok. Et si je m'y prenais différemment." Il sortit son pistolet laser de son holster et le pointa vers moi. Seth recula sa chaise pour sortir du champ de mire—ce con gardait le sourire.

L'arme était réglée pour m'assommer, ce qui m'agaçait.

"Parlez ou je vous assomme et vous emmène chez le Docteur Moor, le psy."

Je regardai le chef du bataillon d'un sale œil. "Vous ne jouez pas franc jeu," répliquai-je.

"Ne me prenez pas pour un con. Je ne suis pas né de la dernière pluie. Je crois savoir que le Docteur Moor dispose d'un canapé sur lequel s'allonger. Il paraît que le patient peut alors se détendre et ouvrir son cœur." Le visage de Karter se fendit d'un sourire. "Parlez."

Le silence s'était fait au réfectoire, les conversations se bornaient à des murmures, plus personne ne mangeait. On pouvait entendre une mouche voler. J'entendais tout. Je doutais que tout le monde se soit arrêté pour m'écouter m'épancher. Ils attendaient de voir si leur Commandant comptait effectivement me tirer dessus ? Ça ferait du spectacle.

"Commandant," dit quelqu'un.

Karter leva sa main libre et l'agita sans me quitter des yeux. Il n'avait pas besoin de conseil.

Je soupirai. "Ma réponse à votre question est la suivante, je travaillais."

"Pourquoi n'êtes-vous pas avec votre femme ?" rétorqua-t-il.

"Vous n'êtes pas sans savoir que ma femme a été transférée sur Latiri 4 avec le Nexus."

Le Nexus qui avait assassiné mes amis, les avait torturé devant moi, m'avait forcé à écouter leurs hurlements. J'étais certain que ce gros connard bleu n'était pas étranger aux intégrations de Zan mais je ne regardais pas vers lui. Il n'y était pour rien.

"Elle ne l'a pas tué, ni achevé. Elle aurait dû me laisser le tuer afin que lui et ses sbires ne fassent plus souffrir personne," poursuivis-je. "Elle l'a transporté dans ... une sorte de base des Renseignements. Elle lui a sauvé la vie."

"Vous êtes de mauvais poil parce que votre femme a sauvé la vie de ce Nexus ?" demanda Karter, sans toutefois baisser son arme, pour le moment du moins.

Je me penchai et posai mon verre à table. "J'aurais dû le tuer de mes propres mains, il m'a contrôlé, ainsi que tous les prisonniers qui ont transité par cette base."

Mes oreilles sensibles captèrent le grondement sourd de Zan, de sa bête intérieure. Lui aussi voulait la mort du Nexus. Je le regardai droit dans les yeux, nous étions sur la même longueur d'ondes.

"Et vous croyez être en mesure de dicter sa conduite à Niobé ?" demanda Karter.

Je tournai la tête et regardai méchamment Karter. "C'est ma femme !"

"Elle est d'abord Vice-Amiral."

"C'est ma femme," répétai-je, lentement et d'une grosse voix, comme si ça pouvait les aider à mieux comprendre. "Je ne veux pas la surveiller, seulement la protéger." Elle était courageuse, valeureuse et parfaite. Je ne voulais pas la changer, juste qu'elle me laisse prendre soin d'elle, corps et âme. Elle avait besoin de soutien, de souffler, d'une épaule solide pour survivre dans ce monde ... j'étais la bonne personne.

"C'est ce que vous croyez. C'est votre femme, vous la connaissez sous un autre angle."

Karter venait d'épouser Erica, avec son second, Ronan. Seth et Dorian avaient épousé Chloé. Des Terriennes. Un peu comme Niobé, elles partageaient la même culture.

"Votre femme reste à bord du cuirassé avec vous. Ce n'est pas un combattant."

Karter secoua la tête et baissa son arme, sans la ranger dans son holster. "Non, elle ne fait pas partie de la Coalition au même titre que nous tous à cette table. Ou que votre épouse. Mais elle est désormais Dame Karter. Elle est responsable de tous les membres *non*-combattants du bataillon. C'est l'officier le plus haut gradé au niveau civil au sein du bataillon, et elle veille sur moi."

Une mission comprenant de vastes responsabilités. De nombreuses personnes sur qui veiller, femmes et enfants. Le Commandant.

"Tu aimerais que Niobé soit à tes côtés pour veiller sur elle," me dit Seth. Il jeta un œil en direction de Karter et prit son verre à table, espérant qu'il n'allait pas se faire descendre ce faisant. "Tu aimerais être à ses côtés pour la protéger."

"Évidemment." Je regardai tous les hommes. "Vous ne pouvez pas m'en vouloir. Protéger est dans notre nature."

"Non, Quinn. *Contrôler* est dans notre nature." Tout le monde regarda Dorian assis à table. "Notre femme est Commandant. Chloé travaille pour les Renseignements. Tu crois que c'est facile de la voir partir en mission, de nous laisser tous les deux seuls avec deux enfants en plus ?"

"Comment vous faites ?" demandai-je. "Chloé assistait au briefing avant la mission. Elle savait ce qu'elle faisait, tout comme Niobé. Vous étiez là, vous l'avez laissée faire. Vous l'avez autorisée à se battre contre la Ruche."

Il regarda Seth en souriant. "Nous ne l'avons pas autorisée à assister au briefing. Nous ne l'avons pas autorisée à se battre. Ses supérieurs ont décidé pour elle. Telle est sa mission. Ta femme est la plus gradée de nous tous. Putain, elle est plus gradée que n'importe qui au sein du bataillon."

Seth soupira et secoua la tête. "Nous sommes tous les deux capitaines. Chloé est Commandant. Elle est plus gradée que nous, comme ta femme. C'est certes notre femme mais elle appartient aussi à la Coalition. *Et* aux Renseignements."

"Sauf qu'eux ne la baisent pas."

"Surveillez vos paroles," prévint Karter.

Seth leva la main. "Non, c'est rien. Je vois où il veut en venir." Il me regarda. "Tu as entièrement raison. La Coalition et les Renseignements ont le Commandant Phan rien que pour eux. Mais une fois rentrée ? Elle nous appartient, et elle le sait. Elle a *besoin* qu'on prenne le relais."

"Vous avez les colliers. Elle sait forcément ce que vous voulez."

Dorian secoua lentement la tête. "On n'a pas besoin des colliers pour savoir qu'elle se donne à nous lorsqu'elle s'agenouille et frissonne de plaisir à chaque fois qu'on lui en donne l'ordre."

"Ou que son lâcher-prise procure un plaisir mutuel à nous trois." Seth tira sur son collier et se leva. "Il est temps de rejoindre notre femme."

Dorian sourit. "Plus que temps."

Ils partirent sans un mot. Ils n'étaient pas des chasseurs et ne se déplaçaient pas rapidement mais ils ne tenaient plus en place. Nul doute que notre conversation les avait *excités* et qu'ils pensaient que c'était l'heure de rejoindre leur épouse.

"Je ne suis pas marié," dit Zan. "J'ai passé le test récemment, j'attends. Ma femme est quelque part. Je ne sais où. Je suis ultra-possessif, même si je ne sais pas *qui* c'est, ni où elle est. Je comprends ton inquiétude." Il appuya ses avant-bras hyper musclés sur la table. "Ma bête a du mal, elle veut partir à sa recherche à l'autre bout de la galaxie séance tenante. Mais comme je te l'ai dit, regarde-moi. Je vois mal comment je pourrais me marier désormais." Il fit une pause, de sorte que la conversation revienne sur moi. "Tu as passé le test ?"

J'opinai du chef.

"Souviens-toi que le test attribue l'épouse qui nous correspond le mieux, pas forcément celle que tu attends," dit-il.

Un membre de l'équipe technique s'approcha de la table et remit une tablette à Karter. Simple routine pour le commandant. "Pas trois. Deux uniquement. "

L'ingénieur acquiesça devant la teneur du message, prit la tablette et s'en alla.

Karter n'avait pas réussi à faire une pause assez longue pour boire un seul verre. Mais sa femme, Erica, ne l'avait pas refusé pour autant. Elle l'aimait, elle lui appartenait.

Niobé était bel et bien ma femme, aucun doute là-dessus. Je repensais à notre connexion immédiate. Le désir. La façon dont son corps s'animait sous mes mains, son esprit se calmait quand je dirigeais les choses. Elle était la perfection.

"Elle ne fait que son travail", dit Karter, qui finit par ranger son flingue et boire une gorgée. "Elle n'a pas pris le Nexus pour vous ennuyer. *C'est son boulot.* En le remettant aux mains des scientifiques des Renseignements, des centaines ... des milliers de combattants de la Coalition pourraient être sauvés. Ses décisions ne sont pas personnelles. Elles sont déterminantes. Complexes. Difficiles. "

"Elle ne m'a pas contacté depuis sept jours, putain."

"J'ai une nièce de treize ans sur Atlan," lança Zan. "Je ne sais pas pourquoi mais tu me fais vraiment penser à elle."

"Va te faire foutre Zan."

Il se mit à rire. "Arrête de pleurnicher."

Je lui jetai un regard noir.

"Je suis ici depuis cinq minutes et j'ai été interrompu trois fois," dit Karter. "Telle est ma vie. Je passe mon temps à perdre mon temps, au lieu de la passer avec Erica. Pour m'occuper de vos états d'âme par exemple. L'épouse d'un Commandant comprend ça. *Erica* le comprend."

"Oui, mais c'est une femme."

Toute émotion l'avait désormais abandonné, il levait de nouveau son arme. Il me la tendit, crosse dans ma direction. "Tenez, prenez-le. Butez-vous avant qu'une femme ne vous entende parler de la sorte. "

Zeus grommela. "T'as de la chance que ta femme ne soit pas à bord. Si elle est vraiment Everienne, elle entendrait tes paroles de n'importe où à bord de ce navire, elle aurait rappliqué rapido sans que tu aies eu le temps de dire 'ouf'. "

"Abruti", ajouta Zan, en haussant les épaules.

"Je ne méprise pas les femmes", dis-je en repoussant le pistolet et en levant les mains. "Elles sont plus intelligentes, plus rusées et plus ingénieuses que nous. Une femme Atlan pourrait me briser en deux. "

Ils acquiescèrent.

"Mais nous sommes des hommes. C'est dans notre putain d'ADN de protéger et de posséder. De contrôler. "

Ils se turent tous trois un moment. Personne ne pipait mot, ils devaient abonder dans mon sens.

"Doutez-vous des capacités de votre femme au combat ?" demanda Karter, la tête penchée sur le côté.

Je pensais à elle, lorsqu'elle nous avait extirpés de Latiri 4, moi et les autres prisonniers, alors qu'elle n'y était pas du tout préparée. Elle s'attendait à trouver un compagnon qui l'attendait, pas cette putain de Ruche. Sa détermination à en finir avec cette base. Stopper cette saloperie de Ruche. Elle avait été remarquable.

"Non. "

"Alors tu dois la laisser se battre. Laisse-la faire son travail", dit Zeus.

"Chasseur, le problème ne vient pas de Niobé", déclara Karter. "Mais de *vous*. Vous êtes mariés. Arrêtez de faire l'autruche. Vous devez faire des compromis. "

"Des compromis", répondis-je comme si le mot m'était inconnu. "Et comment ?"

Karter se leva et me donna une tape sur l'épaule. "Laissez-la jouer son rôle de vice-amiral. "

Pardon ? "Et ?"

"Elle vous donne l'opportunité de rester vous-même. D'être un chasseur".

J'étais paumé. Zeus, le Prillon, tapa son énorme poing sur la table. "Tu n'es pas très vif pour un chasseur d'élite. "

Je me retournai et le regardai méchamment. "Je te défie à la course sur le champ, Prillon."

Il eut le culot de rire. "Tu es trop lent pour attraper une femme qui veut bien se laisser attraper. Tu n'as pas l'étoffe de relever ce défi. "

Où voulait-il en venir ? Qu'est-ce que je ne comprenais pas ?

Le commandant Karter me tira heureusement de ce mauvais pas. "Qu'est-ce qu'un Everien aime plus que tout ?"

"La chasse". C'était génétique. Dans notre ADN.

"Alors pourquoi ne chassez-vous pas ?" demanda-t-il.

J'en prenais enfin conscience, l'espoir renaissait. Karter me donna une bourrade dans le dos.

"Vous n'avez plus rien à faire à bord de ce cuirassé. Vous pouvez retourner sur Everis, accepter une nouvelle mission, ou ..."

"Sinon ?"

Il sourit. "Traquer votre femme. Pourquoi pensez-vous qu'elle ne vous ait pas contacté ?"

Je regardai le Commandant et compris enfin. Ma femme était une Everienne. Elle se fiait à son instinct. Sur ma planète, la femme d'un chasseur d'élite n'était pas courtisée ... mais *attrapée*.

# 11

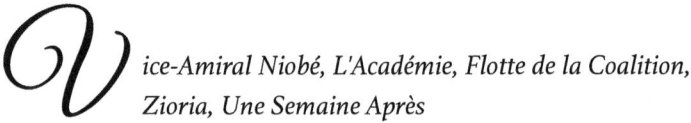

*Vice-Amiral Niobé, L'Académie, Flotte de la Coalition, Zioria, Une Semaine Après*

Ça fait *long pour un couple.*

Je gardai ma réflexion pour moi-même. J'étais entourée des ambassadeurs et des commandants les plus hauts gradés de la Coalition, ce n'était ni le moment ni l'endroit de me lamenter sur mon chasseur Everien super sexy. Je n'aurais pas dû passer ces derniers jours à analyser chaque moment que nous avions passé ensemble, en me demandant si je devais vraiment sacrifier mon bonheur au profit du travail. Je me sentais comme une lycéenne se demandant si elle plaisait vraiment à l'ailier de l'équipe de foot. Pourquoi éprouvais-je des sentiments de fille normale juste maintenant ? Je n'avais pas le temps pour ces conneries.

Je n'arrêtais pas de cogiter. De réfléchir. Pour l'instant, il me semblait que la réponse à ce sacrifice soit un oui retentissant. Ce qui ne m'aidait pas vraiment à me concentrer sur cette réunion.

*Ma réunion.*

Merde.

Les cadets étaient rentrés sur le campus la veille et reprenaient leurs quartiers. Tandis qu'ils préparaient leurs uniformes, leurs tablettes et leurs armes pour les mois de cours et d'entraînement à venir, le personnel attendait la réunion de début de trimestre qui se tiendrait d'ici une heure. Les trente-quatre instructeurs en chef, douze commandants militaires des différentes planètes et deux représentants officiels du cabinet présidentiel du Prime Nial étaient présents, on avait du pain sur la planche et un ordre du jour chargé.

Nous nous réunissions deux fois par an. Les commandants militaires faisaient remonter leurs observations sur le terrain aux instructeurs de l'Académie, en suggérant des changements relatifs aux protocoles d'entraînement et en glanant des informations des conseillers militaires les plus proches du Prime Nial sur les risques éventuels. De temps en temps, un Commandant des Renseignements ou un scientifique se pointait et faisait la démonstration d'une nouvelle arme ou d'une avancée technologique.

Cette réunion s'étalait sur plusieurs longues journées. Chaque sujet avait son importance. Bien qu'extrêmement attachés aux traditions, nous devions aussi nous adapter au changement, à ce que la Ruche utilisait contre nous.

En tant que médiatrice, je devais soumettre des données top niveau concernant les résultats de formations des cadets du précédent trimestre. Chaque instructeur partageait les résultats propres à son domaine. J'étais peut-être responsable, mais je n'avais rien d'un directeur. Chacun devait respecter son programme et atteindre ses objectifs. Si tel n'était pas le cas, la réunion déterminait pourquoi.

Le sujet du jour portait sur le réglage du degré d'étourdissement lors des simulations de combat. Il était important que les cadets soient réellement assommés, qu'ils comprennent ce qu'ils ressentaient et comment réagir, un équilibre fragile subsistaient, réussir ou échouer. J'écoutais, m'imprégnais des conversations.

Dire que j'avais la tête ailleurs aurait été un euphémisme. J'étais distraite depuis mon retour. Je ne parvenais pas à me concentrer, à me motiver pour le prochain trimestre. Ce n'était pas à cause de la pause. Ni parce que je m'étais rendue sur la Colonie pour voir Kira et Angh. Ou parce que je faisais partie d'une équipe ayant démantelé une prison secrète de la Ruche et livré un Nexus vivant aux Renseignements. Non.

C'était bien plus simple. C'était à cause de Quinn, Quinn m'avait mis la tête à l'envers. Le sexe et les orgasmes m'avaient peut-être perturbée mais j'avais toujours une envie folle de lui. Constamment. Je n'étais pas mariée à trois Vikens et n'étais pas entrée en contact avec leur fameux sperme. Si cela rendait une femme plus excitée que moi, je la plaignais. Je me masturbais, j'avais joui sous la douche au moins une fois par jour depuis mon retour. Et une autre fois au lit avant d'essayer de dormir. J'étais devenue une pro de l'orgasme. Pourquoi ? Parce que j'entendais Quinn dans ma tête. *Tu es peut-être Vice-Amiral quand tu portes l'uniforme, mais sans ? Tu m'appartiens.*

Je me tortillais doucement sur ma chaise afin que personne ne le remarque, ce n'était pas la première fois. J'étais mariée mais me trouvais sur Zioria, et lui à bord du

Cuirassé Karter, du moins le croyais-je. Ça faisait une semaine. Une semaine ! Où était-il bon sang ?

Il m'en voulait vraiment tant que ça d'être partie avec le Nexus ? C'était un chasseur d'élite. Il connaissait les enjeux de cette guerre.

C'était encore plus déprimant si tel n'était pas le cas. S'il était fâché contre moi, et non pas à cause du Nexus.

Je lui avais pourtant dit. Je lui avais *dit* que je ne pouvais pas être telle qu'il m'imaginait. Point positif, il ne voulait pas de gosses. Super. Un fardeau de moins. Mais je faisais partie des Renseignements, il s'en était rendu compte bien assez vite lorsque j'avais dû emmener le Nexus au quartier général des Renseignements au lieu de le laisser l'achever. J'aurais tellement voulu qu'il déchiquette ce monstre bleu en pièces. Je voulais tuer le Nexus de mes propres mains pour venger la torture et la peine que cet énorme ennemi bleu avait infligées à mon mari. Personne ne touchait à mon mari.

Et si ce n'était pas le cas, alors les choses étaient encore plus déprimantes. Si ce n'était pas le Nexus, c'était à cause de moi.

Les ordres étaient les ordres, et la guerre comptait bien plus qu'un simple chasseur torturé. Elle était plus importante que les douzaines de combattants intégrés de la Coalition sur cette base. Pour Quinn—et pour moi—ce Nexus était notre ennemi personnel, ce qui compliquait les choses, mais remettre ce Nexus aux mains du Docteur Hélion aux fins d'analyses pourrait sauver des milliers d'autres chasseurs. Des millions de gens. Mais je comprenais le désir de vengeance de Quinn, son envie de l'achever.

Les Renseignements devaient analyser le problème et

combattre la Ruche, et non jouer son va-tout avec un chasseur d'élite assoiffé de justice et de vengeance.

Être Vice-Amiral m'avait souvent fait du tort, y compris pour trouver un partenaire. J'étais plus gradée que quiconque dans cette pièce. Je recevais mes ordres des Renseignements et du Prime Nial en personne. Certains amiraux étaient plus gradés que moi mais ils étaient loin d'ici en général, sur le front ou sur Prillon Prime, au conseil de guerre. Et cette guerre se fichait que je sois mariée ou pas, que Quinn soit parqué à des années-lumière de moi. Je ne pouvais pas démissionner, l'enjeu était bien trop important. Je ne pouvais pas me lever et partir. Me transférer sur une colonie, en vacances, et baiser avec Quinn jusqu'à tomber d'épuisement.

C'était incroyable. Je ne tenais plus en place.

La conversation relative aux réglages d'étourdissement terminée, j'abordai le prochain thème noté sur mon agenda. L'un des représentants de Prillon Prime parlait du programme de mi-trimestre des recrues d'élite. Un simulacre de combat pour intégrer le Cuirassé Zeus.

Je ne m'y intéressais pas, je me demandais si mon partenaire n'était vraiment qu'un coup d'un soir. C'est ce qui s'était passé au final. On n'avait même pas passé la nuit ensemble. Un jour à peine. Moins d'une journée. Six heures passées à baiser, manger, discuter et encore baiser.

"Quelles sont les prochaines recrues, Vice-Amiral ?"

Je clignai des yeux et fixai le guerrier Prillon qui attendait forcément ma réponse. Tous les regards étaient rivés sur moi. Je regardai ma tablette, les notes avaient été préparées et enregistrées. Mon cerveau emmagasina les informations en un éclair. "Cinq femmes, cinq hommes. Deux semestres, et non pas un seul. On baissera le degré d'étourdissement à trois lors du combat et on s'assurera que les vidéos parviennent aux Renseignements. Ils sont toujours intéressés par de nouvelles recrues."

Le guerrier Prillon acquiesça, visiblement satisfait par mes suggestions.

"La question suivante concerne—"

"Présentation du groupe."

Je pivotai sur mon fauteuil. *Quinn.*

Des murmures s'élevèrent de la grande table suite à son interruption. Devant son visage inconnu ... pour certains du moins. Ce visage m'était *très* familier. Je me souvenais de ses cheveux longs blonds comme les blés, de ses sourcils résolus, son regard perçant. Ce nez busqué, ces lèvres charnues. Je me souvenais de tout.

Je le regardais, bouche bée.

Il souriait, insouciant de l'assemblée, me regardait. Il scruta mon uniforme, mes cheveux relevés en chignon sur ma nuque. Ma place en bout de table. Il était là depuis combien de temps ?

Je n'avais pas besoin de lui demander comment il avait fait pour se faufiler sans bruit. C'était un chasseur. Tout comme moi, bon sang. J'aurais dû l'entendre. Le sentir. Sauf que j'étais perdue dans mes pensées. *Je pensais à lui.* Je pris une profonde inspiration. Oui, je le sentais maintenant. J'oubliai la réunion et me concentrai sur lui. J'entendis les battements de son cœur. Je remarquai tout.

L'Atlan qui enseignait le combat au corps à corps se leva, prêt à user de ses talents au cas où Quinn se montrerait menaçant. C'était presque risible, j'étais la seule Everienne dans cette salle. Personne n'était aussi rapide ni impitoyable que Quinn. L'immense Atlan pouvait très bien arracher la tête de Quinn mais il n'arriverait jamais à l'attraper.

"Merci, Seigneur de guerre," dis-je en me levant et en l'arrêtant d'un geste. J'allai me placer aux côtés de Quinn. "Excusez-moi pour cette interruption, il est peut-être l'heure de faire une pause."

"Tu ne me présentes pas, ma chère femme ? Je suis venu exprès ici depuis le Secteur 437."

Le mot "femme" ne passa pas inaperçu. Tout le monde sourit et se mit à parler en même temps. Certains applaudirent.

Je souris—c'était plus fort que moi, j'étais tellement contente de le voir—et m'adressai au groupe. "Je vous présente le Chasseur d'Elite Quinn d'Everis."

La salle retentit d'un chœur de félicitations et de murmures, tous faisaient des gorges chaudes du fameux mot ... partenaire. *Partenaire.* Je ne savais pas trop s'ils étaient enthousiastes parce que *j'avais* enfin trouvé un mari ou parce qu'il s'agissait d'un heureux évènement. J'étais contente de voir Quinn. Stupéfaite, à vrai dire. Mais il avait interrompu ma réunion, contrevenu aux ordres. À ma routine.

Le représentant du Prime Nial fit le tour de la table. "Félicitations, Vice-Amiral." Il adressa un signe de tête à Quinn. "Chasseur d'élite."

Quinn hocha la tête en guise de réponse, le Prillon me regarda de nouveau. "Vice-Amiral, je peux terminer la réunion à votre place si vous souhaitez prendre congé."

"Ce ne sera pas—"

"Merci, guerrier," répondit Quinn en me coupant la parole.

Je plissai les yeux et lui jetai un regard glacial. Comment osait-il ! C'était ma réunion. Mon travail. "Je peux continuer et—"

"Non, certainement pas," répondit Quinn. "Le guerrier nous a proposé son aide, nous acceptons avec joie."

Il m'attrapa fermement par le coude et m'entraîna vers la porte.

"Quinn," sifflai-je doucement, mais il ne se retourna même pas. Il m'entendait pourtant. Il entendait mon cœur battre dans ma poitrine. J'avais murmuré son prénom, il l'avait entendu aussi bien que si j'avais crié.

Les cadets dans le couloir s'arrêtèrent et me saluèrent au passage, ils se demandaient pourquoi je quittais mon propre bâtiment.

Une fois dehors, Quinn s'arrêta. "Où est ton appartement ?"

"Ah ça y est, je t'intéresse ?"

Il était perplexe. "Ça a toujours été le cas."

J'étais énervée. "Tu m'as vue, ok, mais m'as-tu écoutée ? C'est *ma* réunion."

Il haussa les épaules. "Simple réunion."

Mes yeux sortaient de leurs orbites. "Une simple—"

Deux cadets nous dépassèrent et saluèrent.

Bon sang, je nageais en plein cauchemar. Que je sois mariée c'était répandu comme une traînée de poudre, on se serait cru dans une cour de récré, pas à l'Académie de la Coalition. Je trouvais déjà ça bizarre à treize ans, d'autant plus maintenant.

Je n'en dis pas plus parce que je ne pouvais pas réintégrer la réunion sans provoquer des commérages et du tumulte. Je pris la direction de chez moi. En tant que vice-amiral, je jouissais de mon propre appartement entouré d'arbres, à l'écart du bâtiment abritant dortoirs et salles de classe. Étant donné que je vivais seule, il n'était pas bien grand. Ça me convenait puisque je n'avais pas grand-chose, je n'avais besoin de rien et vivais simplement. Ça me suffisait parfaitement.

Jusqu'à aujourd'hui. J'étais passablement énervée.

"Pas mal," dit Quinn en inspectant mon appartement. Parquet, murs blancs, meubles épurés, une chambre. "Super, tu pourras jouir en faisant du bruit."

"Tu te moques de moi ?" hurlai-je.

Il sourit. "Et c'est reparti."

"Qu'est-ce que tu racontes à la fin ?"

"Ma petite fougueuse."

Je lui montrai le sol. "Tu débarques sans prévenir et tu m'interromps en pleine réunion. Qu'est-ce que t'as à dire ?"

"Je suis venu voir ma femme."

Je pointai un doigt derrière mon épaule. "Ah ouais ? C'était ta femme, là-bas, en réunion."

Il secoua lentement la tête et me toisa des pieds à la tête, comme s'il se remémorait mon corps nu. Je n'aurais pas dû mouiller, et pourtant. Pourquoi avais-je envie de l'étrangler et lui sauter dessus en même temps ?

Il s'approcha de moi en un clin d'œil, ralentit et caressa ma joue. Je fermai les yeux sous sa caresse, les rouvrit soudainement, attrapai son poignet que je te tordis. Comment osait-il m'amadouer avec des gestes tendres. Il se pencha de côté pour soulager la pression et pivota du côté opposé, me faisant exécuter un cercle, il se retrouva derrière moi, les bras autour de la taille. Je sentais sa verge protubérante contre mes fesses.

"Je suis venu pour toi," souffla-t-il à mon oreille.

"Tu es venu pour m'énerver." Je pesais sur lui de tout mon poids jusqu'à ce qu'il me lâche, je lui écrasais les pieds. Il relâcha sa prise, je me déplaçai dans la pièce à la vitesse d'un chasseur. Il ne me suivit pas.

"Je suis venu parce que tu es à moi." Il me fit signe de venir en recourbant son doigt.

Je posai mes mains sur mes hanches. "T'avais pas le droit d'interrompre la réunion."

"T'aurais pas dû m'empêcher de le tuer."

Je le regardai de travers. "Ah c'est donc ça ? Tu bousilles mon taf parce je t'ai enlevé le Nexus ?"

"Il était de mon devoir de le détruire."

"Cette réunion est mon *devoir*. On ne discute pas de recettes de cookies mais de protocoles d'entraînement, de changements des stratégies d'attaque de la Ruche, pour faire en sorte que les combattants restent en vie. On entraîne les cadets afin qu'ils ne paniquent pas sur le champ de bataille, pour qu'ils tiennent bon durant cette guerre. C'est mon *boulot*. C'est *mon* droit."

"Je suis ton mari. Ils peuvent s'organiser et blablater tant qu'ils veulent durant quelques heures."

"Je suis Vice-Amiral ! C'est *ma* réunion."

Sa mâchoire était serrée, ses muscles tendus. Je voyais sa grosse bite protubérante engoncée dans le pantalon de son uniforme à l'autre bout de la pièce. L'attirance n'était pas un problème. Mais tout le reste oui.

"Je ne vais pas répéter ce que j'ai dit sur Latiri 4. Il faut que tu comprennes Quinn, *c'est* le job de ma vie."

"Ce n'est pas normal. La vie c'est pas que les réunions et les missions. Nous sommes mariés. Il est de mon devoir de veiller sur toi."

Je poussai un soupir. Il ne faisait pas ça pour m'ennuyer. Il en était sincèrement persuadé. Il était peut-être habitué à effectuer des missions de petits groupes de Chasseurs d'Elite en presque totale autonomie. Les Chasseurs choisissaient les missions qu'ils acceptaient ou refusaient. Une fois sur une piste, ils vivaient selon leur propre code d'honneur, adoptaient leurs propres règles. Ils servaient la Coalition, Everis envoyait régulièrement des combattants à la guerre, mais les Chasseurs d'Elite se situaient à un tout autre niveau. Ils étaient en général des maillons indirects de la chaîne, ils ne faisaient pas de rapports comme moi. Ils ne se tapaient pas la paperasse, la bureaucratie, les réunions. Quelle plaie.

"En quelle langue je dois te parler pour que tu comprennes ? Personne ne comprend jamais rien, c'est pénible à la fin. C'était différent sur Terre. Tout ce que je faisais n'allait *jamais*. C'était pareil sur Everis. Je me comportais comme une humaine. Je n'aimais pas la nourriture Everienne, je ne connaissais pas leurs coutumes, alors je suis partie. Je me suis enfin sentie à ma place une fois dans la Coalition. Tout ce que je faisais était validé. J'ai appris à aimer mes différences. Je savais quoi faire et comment le faire. Où, quand, comment. Ma voie était toute tracée. Je m'épanouissais, j'excellais." Je montrais l'épaulette de mon uniforme. "Je suis Vice-Amiral à seulement trente-six ans."

"Et maintenant, tu m'as moi," répétai-je.

"Oui, mais pour m'avoir *moi*, *tu* as aussi une Vice-Amiral. Tu sais à qui j'adresse mes rapports ?"

Il remua la tête.

"Au Prime Nial. Qui est au-dessus de lui ?"

Il fronça les sourcils et répondit, "Personne."

"Exact. Personne. Certains amiraux et le Docteur Hélion font partie du Service des Renseignements mais j'adresse directement mes rapports au Prime. Tous les rapports convergent vers moi. Le restant de la Flotte de la Coalition est sous mon commandement direct. *Tout le monde*. Ne l'oublie pas."

Il croisa les bras sur sa large poitrine et baissa les yeux. Comme il gardait le silence, je poursuivis ma diatribe.

"Le Commandant Karter est responsable d'un bataillon. Je m'occupe de former les cadets qui grossiront les centaines des bataillons de la Flotte. Je suis chargée d'opérations sur tous les fronts, y compris des missions de Renseignements."

"Comme le Nexus," dit-il en relevant la tête et me dévisageant de ses grands yeux clairs.

"Oui. Comme la capture du Nexus. Je n'ai jamais de répit parce que les rapports ne cessent d'affluer. Le combat ne s'arrête jamais."

"Tu as parfois du repos," répondit-il, "tu dois bien retirer ton uniforme à un moment ou à un autre."

"Oui, lorsque j'ai passé le test de recrutement. C'était entre deux trimestres, je suis allée rendre visite à des amis sur la Colonie. Et puis tu es arrivé, et y'a eu tout ce merdier avec la prison de la Ruche. Mais on attaque un nouveau trimestre, peu importe que je sois mariée. J'ai un travail à faire, Quinn. Un travail important. La réunion que tu as interrompue en fait partie."

Je secouai la tête. "Pardonne-moi d'avoir interrompu ta réunion."

Je le regardai les yeux ronds. C'était pour le moins inattendu.

"Mais je pense que je devais *te* déranger. Tu es peut-être Vice-Amiral, mais je suis ton mari."

C'était à se taper la tête contre les murs. Et je n'avais pas encore abordé la façon dont il avait répondu *à ma place* au guerrier Prillon qui s'était proposé de me remplacer à la réunion.

Chaque chose en son temps.

"Quinn—"

"Il est de mon devoir de veiller à ce que Niobé, pas le Vice-Amiral Niobé, soit bien nourrie, reposée, en sécurité, heureuse et satisfaite."

"Super, mais j'ai une réunion qui m'attend."

"Non. Le mec du Prime peut s'en charger."

"Mais—"

"Non. À poil."

Je reculai. "Non."

"Oui," répéta-t-il. "À poil."

"J'ai entendu." Je reculai d'un pas.

"Alors obéis."

"Je suis trop énervée pour coucher avec toi."

Il leva ses sourcils blonds. "Oh vraiment ?" Il inspira profondément, ses narines se dilatèrent. "Tu mouilles."

Il avait raison. Merde.

"T'as pas le droit de me dire ce que je dois faire. M'empêcher d'assister à ma réunion et me dicter ma conduite."

"Je me suis excusé pour ta réunion. Quant au reste, oui, j'en ai parfaitement le droit. Enlève ton uniforme, Vice-Amiral, afin que je puisse voir Niobé. Je veux voir ma femme."

Oh. J'avais envie de lui. J'avais envie de baiser. De sentir sa grosse bite ... en moi. De me faire pénétrer. On pourrait passer la journée à discuter mais je n'aurais pas d'orgasme pour autant. Je ne sentirais pas la peau de Quinn contre la mienne. Sa bouche ... partout. Le désir l'emportait sur la raison, il m'avait empêchée d'assister à ma réunion, le mal était fait. C'était bien ça le proverbe ?

Il s'était excusé. Il était temps pour moi de laisser couler un minimum. Ou de me déshabiller.

Il ne bougeait pas, respirait à peine alors que j'ôtai mon uniforme, chaque vêtement jusqu'à ce que je me retrouve nue face à lui. Je le regardais, j'attendais, son regard de braise, sa mâchoire tendue, sa bite en érection dans son froc.

"Montre-moi comme tu mouilles. "

Sa voix rauque faisait pointer mes tétons, mon rythme cardiaque accélérait.

Je me doigtai, glissai mes doigts dans ma vulve et levai la main pour qu'il voit. Mes doigts luisaient de mouille.

Il secoua la tête. "Pas comme ça. Tourne-toi et penche-toi. "

Putain de merde. C'était hyper obscène. Mais j'adorais.

Le parquet était frais sous mes pieds, tant mieux, j'avais le feu au cul. Je me tournai conformément à sa demande et me penchai, les fesses en l'air, la chatte bien en vue.

Il s'approcha de moi d'une démarche parfaitement humaine, prit tout son temps pour me regarder. Je le contemplais, la tête en bas, il matait mon sexe que je savais mouillé et béant, prêt à l'accueillir.

Je le vis approcher, poser sa main sur mes fesses mais tressaillis quand même.

"Chuut," susurra-t-il, en me caressant de sa grosse main. "Plaque tes mains au mur."

Il tenait ma hanche tandis que je me redressais pour obéir. Je me retrouvai face au mur blanc, le cul en l'air. "Très bien."

"Je suis Vice-Amiral, pas une—"

Il me donna une fessée.

"Chuut," répéta-t-il. "Je sais qui tu es. À l'extérieur, tu commandes. Ici, ton corps voluptueux m'appartient, tu es à moi, tu vas te comporter comme une grande fille bien sage."

Je serrais les dents, je me faisais violence pour ne pas onduler des hanches.

"Pourquoi m'avoir donné une fessée ?" le questionnai-je en le regardant par-dessus mon épaule.

Il était tout habillé alors que j'étais penchée en avant, nue. Vulnérable. *Je le laissais* me frapper. J'aurais dû me tourner et lui donner une bonne raclée parce qu'il avait osé me frapper. À dire vrai, j'adorais cette sensation de brûlure cuisante, le choc que cela provoquait. J'adorais me laisser aller, être dominée.

"Parce que tu en as besoin."

Je me mis à rire. "Besoin ?"

Il me frappa de nouveau, sur l'autre fesse cette fois-ci. Ça ne faisait pas mal mais ça brûlait. Je poussai un cri et gémis lorsqu'il introduit un doigt dans ma fente.

"Tu vois ? Tu en as besoin. Ne pense plus à rien."

"Qu'est-ce que tu racontes ?"

Il me frappa d'un côté puis de l'autre, plus violemment, glissa un doigt dans mon vagin humide. Je poussai un gémissement. Oui, voilà ce dont j'avais besoin mais son doigt n'était pas suffisamment long ni assez large. Je voulais sa bite.

Il me frappa trois fois d'affilée, vite, ça brûlait, son doigt s'immobilisa. Une vague de désir me submergea. La brûlure se métamorphosa en chaleur cuisante. Un embrasement allant crescendo, j'avais la chatte en feu.

"Quinn," haletai-je.

"De quoi parlait ta réunion ?"

"Hein ?" demandai-je, étonnée.

"Ta réunion," répétai-je, en lui donnant une autre tape.

"Je ... je n'arrive pas à me concentrer."

Je me penchai et murmurai à son oreille. "Exactement."

Il s'approcha tout près, sa queue et ses hanches se

plaquaient contre mes fesses échauffées à travers son uniforme. Pourquoi restait-il habillé ?

Il recula et je gémis, la sensation de son uniforme sur ma peau nue me manquait. Le contraste était d'autant plus flagrant. Je fondais littéralement, ce qui n'était pas le cas de Quinn.

Il s'agenouilla derrière moi, me respira et me lécha.

"Quinn !" criai-je en sentant sa langue s'attarder sur ma vulve pour terminer sur mon clitoris, il me léchait, effectuait des cercles. Je ne pouvais réprimer mes coups de hanches, je me masturbais quasiment sur son visage. Mes mains glissaient contre le mur. Impossible de rester dans cette bonne position, j'étais sur le point de jouir.

Quinn s'en aperçut, il se cala sur ses talons et se redressa.

"Quinn," j'étais en manque, ma voix était différente, presque animale. Je me tournai et le contemplai, en me demandant pourquoi il s'était arrêté.

Il se dirigea vers ma chambre en se déshabillant. Il me regarda sur le pas de la porte. "Viens."

"J'y étais presque," grommelai-je. Mes tétons étaient tout durs, ma chatte si humide que mes cuisses collaient. J'étais si excitée que j'allais jouir si je frottais mes cuisses l'une contre l'autre.

Le voir nu était ... incroyable. Ses longs cheveux tombaient sur ses épaules carrées, ses abdos étaient musclés au possible, sa bite me procurait des orgasmes de folie. C'était mon homme.

Je lui emboîtai le pas, j'avais hâte de sentir sa grosse bite, mais il m'arrêta net.

"À genoux."

Il entra dans la chambre et s'assit au bord du lit afin que

je le voie. Il empoigna la base de sa verge et se branla tout en me regardant.

"Tu plaisantes ?"

"Obéis, femme."

Il voulait que je m'agenouille devant lui sur un tapis moelleux. À genoux. En position de soumission, afin qu'il me donne une bonne fessée bien méritée.

"Niobé," je n'esquissai pas le moindre geste. "Le seul qui te voit lâcher prise ici ... c'est moi. N'aie crainte. Tu n'as personne à qui donner des ordres, personne dont tu dois t'occuper, tu n'as pas à te faire obéir, pas de réunions à animer. Je vais m'occuper de toi, te baiser, te faire jouir, te faire hurler de plaisir. Ne pense à rien, écoute-moi et obéis."

Tous mes sens d'Everienne étaient en éveil, ouïe, odorat et vue, je n'écoutais que lui. Sa voix. Sa respiration. Ses paroles.

Nous étions seuls. Pas d'Académie derrière la porte. Mon uniforme était jeté en tas sur le sol. Un vêtement n'était rien sans un corps pour le porter.

J'étais tout simplement Niobé. La femme de Quinn. Étais-je en mesure de lui obéir ? De m'agenouiller devant lui, de lui donner ce qu'il voulait et être en son pouvoir ? Il marquait un point, équilibrait notre couple ... il me disait ce qu'il attendait de moi. C'était un chasseur d'élite, il était fort, rapide, sûr de lui. Un prédateur naturellement dominant. Q-Question : pouvais-le laisser faire ? Lui faisais-je suffisamment confiance pour me laisser aller ? Lui obéir ?

Mon côté humain me faisait peser le pour et le contre. J'étais indignée, agacée. Mais mon côté Everien ? Bon sang, il était si bandant que j'avais du mal à me retenir. Je ne songeais qu'à la fois où Quinn m'avait dominée à bord du Karter, il m'avait traquée, poursuivie, baisée et possédée avec sa grosse bite alors que ma nature même de chasseresse mourrait d'envie d'un mâle digne de ce nom. L'Everienne en moi était ravie de lui donner ce qu'il voulait, maintenant qu'il m'avait courtisée selon la poursuite rituelle —peu importe que ce soit à bord d'un cuirassé.

J'étais perdue. La logique se disputait avec mon instinct. Le désir contre l'idée très humaine que je me faisais de l'homme idéal.

J'avais grandi sur Terre et pensais vouloir d'un homme plus réservé, attentionné, qui me soutiendrait. On ne se disputerait jamais, pas de bagarres, on ne baiserait jamais comme des bêtes.

Quinn était loin d'être réservé ou attentionné. Je savais qu'on se disputerait forcément. Et il m'excitait comme un beau diable.

Il demeurait assis, sans cesser de se branler. Il était aussi excité que moi mais faisait preuve de patience. Il attendait. Je n'avais qu'à faire un pas vers lui pour obtenir ce que nous attendions, ce dont nous avions tous deux besoin.

"Je te vois, Niobé." Sa voix grave et empreinte de désir était calme. Presque ... rassurante. "Je sais qui tu es. De quoi tu as besoin. De moi. Lâche prise. Laisse-moi m'occuper de toi. Arrête de réfléchir. Vis l'instant présent."

Ses derniers mots étaient des plus excitants, je me focalisais sur ses grosses mains paluchant son sexe sans coup férir. J'avais envie de sa bite, elle était à moi.

Je me baissai doucement et m'agenouillai. Je levai la tête et le regardai. Il ne se détourna pas, il respirait et attendait, mon sexe se contractait, je mouillais.

"Tu es magnifique," murmura-t-il. "Si parfaite." Il leva les mains jusqu'à mon chignon qu'il défit, mes cheveux retombèrent sur mes épaules. Incapable d'attendre, je me baissai et léchai la goutte de sperme au goût salé qui coulait de son gland.

Il poussa un gémissement, je savais que pendant que j'étais à genoux devant lui, nue et bien en vue, il était avec moi. Je le tenais en mon pouvoir. Il ne donnait des coups de rein à personne d'autre et personne ne ressentait ce désir de pénétration. Je délivrais l'animal en lui, le laissais faire de la place à ses instincts primaires. Tout comme lui m'excitait. Je mouillais, j'étais prête, je mourrais d'envie qu'il me possède.

Je fermai les yeux, je me retrouvai allongée sur lit. Il avait usé de sa vitesse et de sa force de chasseur pour y parvenir. Il se colla contre moi, écarta mes jambes en grand à l'aide de ses genoux.

Je regardai ce chasseur d'élite, ses caresses—hormis la fessée—était douces, mesurées, comme si j'étais précieuse à ses yeux. "Bon sang, Niobé, j'en peux plus."

Je me mordis la lèvre et acquiesçai. Mes fesses chaudes étaient douloureuses au contact du lit, la sensation de chaleur s'ajoutait à mes sens exacerbés.

Il posa une main près de ma tête et posa son front sur mon ventre, qu'il huma profondément. "Tu ne sens plus l'odeur de mon sperme."

Il poussa un grognement, trouva l'entrée de mon vagin et introduisit ses doigts sans prévenir, sans préliminaires, une démonstration on ne peut plus agressive et flagrante de possession. Je poussai un cri, me cambrai, le désir monta crescendo.

Il me doigta, me baisa tout en parlant. "Dehors, tu portes ce très bel uniforme de Vice-Amiral, dessous, tu portes la marque de mon passage. Mon empreinte, mon odeur." Il retira ses doigts et s'allongea sur moi, plaça sa bite devant mon vagin. Il n'attendit pas et s'enfonça profondément d'un seul coup de reins. "À moi."

"Quinn," murmurai-je, je l'enserrai entre mes genoux tandis que mon vagin s'écartait sur son passage.

Son corps viril, sexy et sauvage se plaquait contre moi. Il effectuait des va-et-vient, me tenait les mains au-dessus de la tête en me baisant tout doucement, je succombai de plaisir.

"Tu te souviendras que tu m'appartiens à chaque fois que tu seras en réunion et que tu commanderas tes troupes, " poursuivit-il.

Ma chatte se contracta sur lui, je gémis, l'enserrai, je verrouillai mes genoux derrière ses hanches. Ses mots crus causeraient ma perte.

"Personne ne te verra jamais comme ça. "

Je secouai la tête tandis qu'il imposait un rythme plus régulier, plus intense, plus rapide. Je crispai mes orteils, mes muscles se mirent à trembler comme si je ne maîtrisais plus rien, non seulement mes sens, mais les moindres muscles et fibres de mon corps.

D'une main, il me bloqua fermement les poignets au-dessus de la tête et m'écarta les genoux de l'autre main, j'ouvris les cuisses en grand pour qu'il me tringle, qu'il ait toute latitude de me pénétrer en profondeur, de se frotter contre mon clitoris à chaque fois qu'il se retirait. Il me pilonnait avec une précision et une maîtrise toute mécanique. Plus vite, plus profondément, sans relâche ...

"Tu veux jouir ?"

"Oui." La réponse jaillit avant même que je ne saisisse la question. C'était un grand oui, oui à tout, oui j'avais besoin de lui.

"Demande-le-moi."

Je léchai ma bouche sèche et m'arcboutai tandis qu'il s'enfonçait profondément en moi. J'étais à deux doigts de jouir, j'en avais envie depuis son cunnilingus, debout contre le mur. J'y pensais avant de m'agenouiller devant lui et qu'il me pousse à bout. J'adorais le laisser me dominer. J'adorais oublier, je ne voyais que lui, je n'entendais que lui, je sentais son odeur, je le *sentais*. "S'il te plaît, Quinn. Fais-moi jouir."

Sa main glissa entre nous, il effleura mon clitoris. "Maintenant."

Il ne prononça qu'un seul mot, un ordre, j'obéis.

Je nageais en plein bonheur, mon plaisir m'en faisait voir de toutes les couleurs malgré mes paupières fermées. Je hurlai son nom. Mon sexe convulsa et stimula le sperme de sa verge. Sa bite grandit, grossit, s'agita, avant d'exploser profondément en moi. Il était bien là avec moi, je n'avais pas réalisé à quel point j'avais besoin de sa puissance, de sa domination, tel un baume bienfaisant, il étanchait mon âme assoiffée depuis des années.

La confiance, voilà ce que c'était, je ne m'étais jamais livrée à personne.

L'odeur de la baise, du foutre, de mon excitation, était entêtante. Il avait raison, je sentirais bientôt la même odeur que lui. Je sentais la brûlure sur mes fesses, mon vagin tout gonflé, le plaisir infini de l'extase sans mon uniforme.

Je m'offrais à Quinn, j'étais amoureuse.

Niobé, sans fards.

# 12

uinn, *Académie de la Coalition, Trois Jours Après*

MA FEMME ÉTAIT OCCUPÉE, constamment occupée. Les réunions s'enchaînaient, coacher les cadets et les instructeurs—être en lien constant avec le personnel de la Flotte de la Coalition fraîchement revenu du front avec des rapports sur les nouvelles techniques de combat.

Je l'entraînai dans une classe fermée à clé, la penchai sur un bureau ou deux, histoire de lui rappeler qui commandait ... mais je doutais qu'elle m'écoute vraiment.

Je me baladais de long en large, je regardais les simulations de combat des cadets depuis un des postes de contrôle. Ils étaient sacrément bons, appliqués, prêts à devenir de vrais combattants, ils faisaient un excellent boulot en recréant l'environnement et le terrain que la Flotte rencontrait chaque jour. Mais voir les cadets hurler, tirer et faire semblant de tuer était une autre paire de manche. Pas pour moi en tous cas. Le bruit trop familier me rappelait des choses que j'aurais préféré oublier. J'avais vu assez de batailles et de morts comme ça.

Je n'appartenais pas à la Flotte de la Coalition. Je n'avais rien à faire ici. En théorie, je prenais mes ordres d'Everis, de personne d'autre. J'avais intégré un bataillon, nous servions dans la Coalition, nous avions fait notre part de boulot. Tous les membres de mon bataillon étaient morts à cause de ce Nexus. J'étais l'unique rescapé, je pouvais intégrer une nouvelle unité de chasseurs, une unité à la recherche d'un nouveau membre, ou changer carrément.

Je pouvais rester ici sur Zioria mais arpenter les couloirs de l'Académie de la Coalition en tant que persona non grata ne me convenait pas.

Je ne me sentais pas à ma place. On m'avait accepté, on me parlait, mais souvent, on m'ignorait. Je ne faisais pas partie du groupe. Ce n'était pas ma planète, mon peuple, ma vie.

Je voulais emmener Niobé sur Everis. J'avais ma maison là-bas. Ma famille. Elle serait en sécurité dans la propriété familiale, je pourrais accepter des missions au fur et à mesure, la sachant protégée et saine et sauve pendant que j'accomplissais ma tâche.

J'étais un chasseur d'élite riche et respecté sur toutes les planètes de la Coalition.

Mais je ne parvenais pas à me faire obéir de ma femme, à la protéger, à m'occuper d'elle, à veiller sur elle comme je le devrais. J'avais le dessus au lit mais elle ne m'appartenait plus dès qu'elle enfilait son uniforme de Vice-Amiral.

Elle *leur* appartenait. Le moindre être vivant partant ou arrivant de cette planète requérait son attention. Ils avaient besoin qu'elle prenne des décisions, que tout fonctionne. J'étais super fier d'elle. Le vice-amiral Niobé était un commandant pragmatique et réfléchi. Elle ne supportait pas l'insubordination, montrait rarement ses émotions, demeurait toujours ... *toujours* ... impassible.

La voir faire me rendait dingue. Je connaissais la véritable Niobé, la femme qui s'agenouillait devant moi, frémissante de désir. La femme allongée sur le sol devant moi, qui me suppliait pour jouir, enroulait ses jambes autour de moi, m'embrassait à perdre haleine.

Ses deux facettes s'opposaient, bien que logiquement j'aurais dû être mesure de les concilier, mon instinct me disait de la jeter sur mon épaule et de partir en courant.

Les Chasseurs d'Elite étaient réputés pour leur côté primitif. Possessif. Protecteur.

Ma femme ne me permettait pas de la posséder ou la protéger.

J'étais très partagé au vu de la situation, je ne voyais pas d'issue. Je ne pourrais jamais demander à Niobé de démissionner de son poste. Elle était calée, super calée. La Flotte de la Coalition avait besoin d'elle.

Et moi aussi. Elle passait plus d'une demi-journée enfermée dans des bureaux où je n'avais ni le droit d'entrer ni de la voir. Être chasseur me sauvait la vie, je pouvais la sentir, entendre son cœur battre, je savais qu'elle allait bien, qu'elle était intacte bien que loin de moi. Mon obsession allait grandissant à chaque fois que je la possédais, que j'éjaculais en elle, que je laissais mon odeur sur elle. Obsédé était un euphémisme.

Prendre ma retraite, démissionner, cesser mes missions en tant que Chasseur, vivre la vie tranquille d'un citoyen normal ne m'intéressait pas. Je deviendrais fou si je devais rester cloîtré dans le petit appartement de Niobé comme un chien, désœuvré. Rester assis n'était pas dans ma nature mais j'avais rien branlé ces derniers jours. Je boudais comme un ado.

Je n'étais pas moi-même, incapable de la protéger, incapable de partir. Alors je la baisais sauvagement. Je lui donnais la seule chose dont j'étais capable, du plaisir, des orgasmes, un soulagement momentané, un répit par rapport à ses obligations envers tout l'univers. Entre temps ? J'essayais de ne pas arracher la tête des cadets, instructeurs ou visiteurs qui voulaient me parler. J'étais trop impoli pour être un civil, mon besoin de protéger ma femme me faisait perdre mon calme légendaire de chasseur d'élite.

Partir en mission sur le territoire de la Ruche était plus facile que la voir refermer la porte de son bureau au quotidien. Tous les jours, putain de merde.

"Chasseur d'Elite Quinn ?" Un jeune cadet vint vers moi en courant, il arrivait du bâtiment de l'administration où se trouvait Niobé—à l'instant T—enfermée dans un bureau avec huit seigneurs de guerre Atlans, à discuter techniques d'entraînement.

Encore des secrets. Encore des détails auxquels je n'avais pas accès mais que j'entendais clairement.

"Oui ?" je me retournai à l'approche du jeune homme, un Prillon à peine en âge de combattre. Je me faisais vieux.

"Le Vice-Amiral Niobé a donné des ordres pour que vous veniez sur le champ, monsieur." Il ajouta "monsieur" en guise de respect, et non car le protocole de la Coalition l'exigeait. En théorie, je ne faisais pas partie de la Flotte de la Coalition. Je n'avais aucun grade officiel. Aucun laissez-passer des Renseignements. Aucun droit d'être aux côtés de ma femme durant les réunions, pas le droit de la protéger.

Mais tel était pourtant mon désir, il était de mon devoir de la protéger.

"Le Vice-Amiral me demande au rapport ?" J'avais du mal à admettre qu'elle commande toute la planète. Je ne faisais pas partie de la Coalition, je n'étais pas à ses ordres, elle était *à moi*.

"Oui monsieur, c'est urgent."

Merde. Mon agacement s'estompa aussitôt. Que pouvait-elle dire d'autre à ce cadet ? Dites au Chasseur d'Elite Quinn de venir en salle de transport sur le champ ? Non. Ce n'était pas dans ses habitudes, elle était Vice-Amiral. Elle avait dû donner un ordre à ce cadet sans y réfléchir à deux fois. Surtout si c'était urgent. Je devais maîtriser mes émotions dès qu'il s'agissait d'elle. Je n'étais plus lucide depuis que je l'avais rencontrée. Je partais constamment en tilt. Heureusement que je n'étais pas un Atlan aux prises avec sa bête ...

"Merci, cadet."

Le jeune Prillon acquiesça et repartit là d'où il était venu. C'était urgent ?

Mon cœur palpitait d'inquiétude, ma frustration me bouffait, ma femme était peut-être en danger.

Je me ruai dans le bâtiment à la vitesse d'un chasseur et dépassai le cadet à mi-chemin. Je fonçai plus vite que l'éclair et courus vers Niobé, mon cœur battait à tout rompre, possédé par cet instinct primitif de protéger ma femme.

"Niobé ? Tout va bien ?" Ma voix résonna dans la salle de transport alors que je m'arrêtais à ses côtés. Elle discutait avec un Prillon que j'avais eu le regret de rencontrer lors d'une précédente mission, voilà des années. Le voir n'améliora pas mon humeur. Sa présence n'augurait jamais rien de bon. "Docteur Hélion. "

Le docteur Prillon m'adressa un regard froid et calculateur avant d'esquisser un hochement de tête imperceptible. "Chasseur d'Elite Quinn. Félicitations pour votre mariage avec le Vice-Amiral Niobé. "

Ce n'était pas ce à quoi je m'attendais, je me fichais de ses félicitations. Merde. Je préférais qu'il reste le plus éloigné possible de ma femme. Pourquoi mentionner son grade ? À quoi jouait-il ? Il me prenait pour un gamin ? "Que faites-vous ici, Docteur ?"

Le docteur nous regardait tour à tour d'un air interrogateur. Ma femme acquiesça, *autorisant* ainsi le docteur à poursuivre, ce qu'il fit. Il alla droit au but. "Je suis venu m'entretenir avec le Vice- Amiral. Pour parler du Nexus capturé par le Vice-Amiral sur Latiri 4. "

*Capturé par le Vice-Amiral.* Ok.

"Et ?" Qu'était-il arrivé à ce connard bleu ? Pourvu qu'ils l'aient disséqué vivant.

"Je ne suis pas autorisé à discuter de nos découvertes avec vous. Vous n'avez pas l'autorisation requise des Renseignements. "

Point final. Je regardai Niobé, je ne m'attendais pas à des excuses de sa part, elle ne comptait pas m'en faire d'ailleurs.

Le devoir. Les règles. Le commandement. Laissez-passer occultes et Service des Renseignements. Vu son regard, elle détestait son comportement de connard.

Ma femme était si absorbée par le règlement et le protocole qu'elle aurait pu tout aussi bien être une machine. Elle m'avait avoué aimer se conformer au règlement, aimer la rigueur. Elle se sentait chez elle parmi la Flotte de la Coalition, elle avait confiance en ses compétences et ses capacités. Elle avait besoin d'ordre dans sa vie quotidienne, tout comme elle avait besoin de moi pour lui donner des ordres et la dominer au lit.

Mais j'étais un chasseur d'élite. Nous agissions seuls, étions des hors-la-loi, aux antipodes de cette rigidité et ce protocole étouffants.

J'avais du mal à supporter que des connards comme le Docteur Hélion me prennent entre le marteau et l'enclume pour me faire rentrer dans le moule.

Comment protéger Niobé lorsque j'ignorais où elle était la moitié du temps ? Que j'ignorais qui elle rencontrait, de quoi ils discutaient, ce qui se passait dans sa vie ?

Au lit, nue, elle m'appartenait.

Mais à tous les autres moments du jour et de la nuit ? Elle leur appartenait. À *lui*. Au Docteur Hélion, aux cadets et aux milliers d'autres personnes qui gravitaient autour d'elle.

Je réprimai mon agacement et me concentrai sur ma femme, ignorant complètement le docteur. "Le cadet m'a dit que tu voulais me voir ?" Je n'avais pas dit *"ordonné"*. Pas en présence du Docteur Mort et Destruction.

"Oui. Je dois me rendre au Quartier Général des Renseignements. Nous nous téléporterons dès l'arrivée du Seigneur de guerre Gram. Je ne voulais pas que tu t'inquiètes de ne pas me voir au dîner. "

Le Quartier Général des Renseignements ? C'était quoi ce bordel ? Inutile de poser la question, elle ne dirait rien.

"Tu reviens quand ?" Je ne pouvais pas lui interdire de partir sans moi. J'aurais bien voulu mais n'en avais pas le droit.

Elle jeta un coup d'œil au Docteur Hélion pour avoir sa réponse, ce qui me déplut grandement. "Je ne suis pas sûr. Dans moins d'une journée. "

Merde. Merde. Putain. "Êtes-vous en mesure d'assurer sa sécurité ?"

Il me fixait, je refusais de baisser les yeux.

"Je vous ai demandé si vous étiez en mesure d'assurer sa sécurité ?"

"Quinn". Niobé posa sa main sur ma poitrine et me poussa doucement, en essayant de me faire reculer et de m'éloigner du grand guerrier Prillon, grand mais lent. Je pouvais le tuer en une fraction de seconde.

"Quinn !" hurla Niobé, ma colère retomba. C'était inacceptable. Mon manque de sang-froid était inacceptable. Notre séparation d'une journée était inacceptable. Ne pas pouvoir protéger Niobé me rongeait littéralement. J'étais à deux doigts d'exploser. Je n'avais qu'une seule idée en tête, protéger ma femme.

Elle s'était offerte à moi, en cadeau. Mon caractère dominateur facilitait la chose, elle était vice-amiral, mais rien - *rien* - n'apaiserait ce besoin de protection.

Le docteur Hélion se détourna, instaurant ainsi une distance volontaire avec ma femme. Il semblait avoir heureusement compris ce que j'avais en tête, et s'éloigna suffisamment pour que, instinct oblige, je ne le considère plus comme une menace, j'avais de nouveau les idées claires. Je pris Niobé dans mes bras et enfouis mon visage dans ses cheveux. Je respirais son odeur. Je calmais la créature furieuse en moi, qui voulait chasser et tuer tous ceux qui la menaçaient. "Niobé. Non. Je ne pourrais pas te protéger si tu pars. "

"Je dois y aller. Je serai en sécurité. Je te le promets. "

"Je t'accompagne. "

Elle secoua la tête, la joue contre ma poitrine, elle me laissait l'enlacer en public. J'avais besoin de la sentir près de moi. J'avais besoin de me calmer. De la savoir en sécurité dans mes bras. "C'est impossible. Nous devons sécuriser le bâtiment des Renseignements. Moins d'une douzaine de personnes connaissent cet endroit. Tu dois me laisser y aller. "

"Je ne peux pas. " Je n'en rajoutais pas, je disais vrai. Mon instinct de chasseur d'élite avait littéralement pris le dessus. Je ne pouvais pas la laisser partir. La créature en moi se retrouverait seule, *elle* la serrait dans ses griffes, tel un animal.

Merde. *Je* commençais à me sentir comme un animal. Une bête. Je n'avais pas la fièvre de l'accouplement comme ces putains de seigneur de guerre Atlans mais je perdais mon sang-froid, comme eux, parce que je ne pouvais pas protéger ma femme.

Je me demandais comment Seth ou Dorian avaient laissé Chloé partir en mission, un commandant plus gradé qu'eux. Bien que la femme de Karter ne fasse pas partie de la Coalition, elle dirigeait le personnel non-combattant de tout un groupement tactique. Comment se comportaient-ils ? Comment faisaient-ils pour ne pas devenir fous ?

Ils n'avaient pas épousé une vice-amiral. Je devenais dingue. C'était évident, je cogitais en boucle pour savoir comment la protéger.

Niobé s'écarta, je ne bougeai pas, usant de tout mon sang-froid de chasseur pour la laisser se reculer.

Je la vis monter sur la plateforme de transport, bientôt rejointe par le Docteur Hélion et le Seigneur de guerre Gram, adresser un signe de tête au technicien chargé du transport.

"Amorcez le transport. "

"À vos ordres, Vice-Amiral. " Le technicien ne faisait que son travail.

Je regardai la femme de ma vie disparaître, le cœur lourd ... j'ignorais où elle était partie.

C'était inacceptable. Je devais arrêter de me plaindre et de m'apitoyer. Terminé.

Il était temps que je protège ma femme.

# 13

*Quinn, Prillon Prime, Bureau du Prime Nial*

Passer la sécurité de Prillon Prime relevait du challenge. J'avais dû esquiver pas moins de sept gardes et en neutraliser deux autres, pour y parvenir. Les gardes se réveilleraient plus tard avec des belles migraines, mais n'en mourraient pas pour autant.

Je n'étais pas sur Prillon Prime pour causer des ennuis ou blesser qui que ce soit. Au contraire.

J'irais parler au Prime Nial, qu'il le veuille ou non. J'avais tenté la voie diplomatique, sans succès. Apparemment, un simple chasseur Everien n'avait pas à rencontrer l'homme le plus puissant de la galaxie. On m'avait clairement annoncé qu'il était *occupé*.

Eh bien, tant pis. Moi aussi j'étais occupé. Ma femme

était quelque part avec le Docteur Hélion à faire Dieu sait quoi, seule. Sans son mari pour le protéger.

Sans moi.

J'avais utilisé l'une des balises de transport de Niobé - pardon, du Vice-Amiral.

Ils pourraient me punir s'ils le souhaitaient.

Essayer du moins. Il faudrait d'abord qu'ils m'attrapent, et vu le contingent de guerriers dont disposait le Prime Nial, il leur en faudrait trois douzaines de plus pour ce faire. Au bas mot. Je n'étais pas qu'un chasseur d'élite, j'étais là pour protéger ma femme.

Il faudrait qu'ils me passent sur le corps pour m'empêcher de protéger Niobé.

Je me déplaçais comme une ombre dans la maison du Prime. Je sentais l'odeur de deux hommes. L'un à proximité d'une humaine, sûrement leur femme, Jessica, une Terrienne. Et l'autre ? La colère et la frustration envahissaient l'air, réponse corporelle au stress évident, pour moi du moins. L'odeur provenait d'une petite pièce située près d'une sorte de bibliothèque, les murs étaient recouverts d'ouvrages et armures anciens.

L'armure de son père. Celle de son grand-père. Éraflées, abîmées, brûlées au combat. La famille Deston était réputée chez les Prillons, il ne faisait aucun doute que le Prime Nial était un valeureux guerrier. J'étais plus que prêt.

Je me dirigeai vers la porte que j'ouvris lentement, sachant que le Prime Nial s'y trouverait, seul.

Le parquet étincelait. Les vastes fenêtres offraient une vue spectaculaire sur la ville en contrebas, histoire de rappeler qui était le chef. Sans parler de l'homme en lui-même ... deux mètres dix, charpenté, large d'épaules.

Je ne fis aucun bruit, il resta, main suspendu au-dessus

de son rapport, et leva les yeux sans esquisser le moindre geste. Il me dévisagea lentement, me toisa de la tête aux pieds, me jaugea. Il écarta son rapport et me lança un regard courroucé. Il me plut dès qu'il ouvrit la bouche.

"Qui êtes-vous ?" gronda le Prime Nial.

"Chasseur d'Elite Quinn, Prime Nial. Pardonnez-moi pour vos gardes". J'entendais l'homme bouger en bas, je m'étais trahi. Puis je me souvins des fameux colliers Prillon. En cas d'alarme, le Prime Nial alertait son second du danger, qui lui viendrait en aide pour protéger leur femme.

Le Prime Nial était posé et calme, j'avais entendu dire que son second, une bête de guerre prénommée Ander, était redouté de tous, arborait de grosses cicatrices de guerre et effrayait les ennemis de Nial.

Je ne craignais pas les guerriers Prillon, ni leurs cicatrices. Je n'étais pas un idiot. Je devais me dépêcher. Affronter le Prime Nial seul était une chose. Je n'avais pas envie de plaider ma cause devant quelqu'un d'autre. Ander n'avait rien à voir avec ma mission.

Je restai debout en attendant que le dirigeant Prillon décide de mon sort, je ne voulais pas lui manquer de respect. S'introduire chez lui à l'improviste méritait une sévère punition. Mais rien ne m'arrêterait. J'avais déjà vécu l'enfer dans cette base tombée aux mains de la Ruche. Les geôles de la Coalition seraient de vraies vacances en comparaison. Niobé le valait bien.

Il se mit devant son bureau, il m'avait évalué, je ne représentais aucun danger. Je ne savais pas si je devais mal le prendre ou être rassuré quant à ma réputation de chasseur d'élite, le Prime Nial savait que je ne lui voulais aucun mal.

"Les Chasseurs d'Elite sont rapides, mais de là à se débarrasser de mes gardes ..." Il secoua la tête et s'assit sur son grand bureau. Je savais que tout un contingent de guerriers se trouvait à proximité. Si j'avais eu l'intention de le tuer, je l'aurais déjà fait. "Vous en avez mis combien hors d'état de nuire ?"

Je fis un rapide calcul. "Neuf".

"Vivants ?"

"Bien sûr".

"Impressionnant. "

Je ne répondis pas, le moment était mal choisi pour le remercier du compliment.

"Dois-je me montrer impressionné ou congédier mon équipe de sécurité ?"

Ma présence ici n'était pas imputable à une faute de ses guerriers. "Sauf votre respect, Prime Nial, je suis un chasseur d'élite avec plus de vingt ans d'expérience. Vos gardes ont été assommés sans avoir eu le temps de dire "ouf". "

Son œil intact - le gauche était argenté, les intégrations de la Ruche – s'écarquilla. "Que faites-vous là, Chasseur d'élite ? Votre explication a intérêt à tenir la route. "

"Ma femme est le Vice-Amiral Niobé. "

Son expression sérieuse s'adoucit. Il se leva immédiatement et me donna une tape sur l'épaule. "Je l'ignorais. Félicitations. "

Je lui adressai un signe de tête et souris en retour. *J'étais* heureux et le montrai.

"Mais cela n'explique pas votre entrée illégale ni votre transport non autorisé. "

"En fait si, monsieur."

Il s'installa dans l'un des deux fauteuils réservés aux visiteurs. Son attitude décontractée laissait supposer qu'il ne me mettrait pas dehors.

"Racontez-moi ça, " dit-il en indiquant le fauteuil à côté du sien.

Nous étions tous deux très grands – il était beaucoup plus grand que moi - les fauteuils étaient trop proches, je reculai le mien avant de m'asseoir. "Vous êtes marié. " Il portait un collier rouge. "Je suppose que vous protégez farouchement votre femme. "

Je ne le formulais pas sous forme de question, je ne souhaitais pas insulter le Prime, ni le Prillon marié qu'il était.

"Bec et ongles. Dame Deston compte plus que tout. Ainsi qu'Ander. "

"Qu'éprouveriez-vous si votre femme était un vice-amiral bossant pour les Renseignements ?"

Il m'observait en frottant sa mâchoire. Je comprenais pourquoi il avait été nommé Prime. Il était réfléchi, il analysait la situation. Posé, mais impitoyable. Presque semblable à Niobé.

"Elle compte énormément pour moi, pour la Coalition. " Ses éloges à son égard me donnaient à espérer qu'il coopérerait.

"Elle fait partie des Renseignements. C'est un officier de la Coalition. Elle travaille avec le Docteur Hélion sur un certain nombre de missions ultra-secrètes," ajoutai-je, comme s'il ne le savait pas.

"Je vois". Le Prime se pencha en avant, coudes sur les genoux, il me jaugeait. "Vous ne pouvez pas la protéger à votre guise. "

Intelligent, de surcroît.

"Je suppose que vous êtes au courant de ce qui s'est passé sur Latiri 4, le vice-amiral a capturé et transporté un Nexus ?"

"Oui, un renseignement classé secret défense, je ne peux vous reprocher d'en avoir connaissance puisque vous étiez présent. "

"Effectivement. Ce connard m'a torturé pendant plus d'une semaine, a tué mes hommes et m'a forcé à regarder. "

Il soupira, l'espace d'une fraction de seconde, je me déconcentrai.

"Je suis désolé. "

Je hochai la tête. Il n'y avait rien d'autre à ajouter. "Je suis l'unique rescapé, je suis ... entre deux missions. Mon bataillon n'existe plus. J'ai fait mon temps sur Everis et pour la Flotte. Niobé – le Vice-Amiral Niobé - n'est pas seulement ma femme. Elle est ma *mission*. "

"Vous êtes un Chasseur d'élite, Quinn. Vous n'êtes pas un de mes officiers. Vous ne faites pas, techniquement, partie de la Coalition. Qu'attendez-vous de moi ?"

"Je veux être affecté de façon permanente au vice-amiral Niobé en tant qu'attaché personnel. L'accompagner dans ses déplacements. Au quartier général des Renseignements. À l'Académie. À chaque réunion, chaque mission. C'est le seul moyen de la protéger. "

"Vous êtes un Everien, Quinn. Je n'ai aucun pouvoir sur vous. "

"Retirez-moi le grade de Chasseur d'élite. Affectez-moi à un comité de la Flotte de la Coalition. Autorisez-moi à être aux côtés de ma femme. "

Il haussa les sourcils, visiblement surpris. "Pourquoi le ferais-je ?"

"Comme je vous l'ai dit, ma mission, et ce jusqu'à mon dernier souffle, c'est Niobé. Faites-en sorte que je fasse partie de sa garde personnelle. J'irai où elle ira. "

"Et si je refuse ?"

Je l'observai à mon tour, j'évaluai la menace pesant sur ma femme. Il était le moyen d'arriver à mes fins, une solution qui nous satisferait tous les deux, ma femme et moi, mais s'il refusait ? "Je trouverai un autre moyen, mais je veux être avec elle. Je la protégerai. Je n'ai pas le choix. Je ne peux accepter les choses en l'état. Je ne peux pas la laisser partir seule au-devant du danger, sans protection. "

"Elle est protégée par la Coalition, par des guerriers et des agents des Renseignements hyper-entraînés. "

"Aucun d'eux ne la protégera comme moi, et vous le savez très bien. "

Il esquissa un sourire, je me détendis, j'arriverais peut-être à mes fins sans devoir en rajouter.

"Vous ne feriez plus partie des Chasseurs d'Elite. Plus jamais. Vous ne dépendriez plus d'Everis, mais d'un officier supérieur de la Coalition. " Je ne cillais même pas, il ajouta : "Vous deviendriez un simple combattant de la Coalition, un simple lieutenant. Vous êtes trop intelligent, trop compétent et trop entraîné pour accepter pareille rétrogradation. Vous seriez à peine plus gradé qu'un cadet. "

Je haussai les épaules. "Le grade et le nom importent peu, je demeure celui que je suis. Mes compétences et mon expérience restent les mêmes. Je reste un chasseur d'élite, même sans le grade qui va avec. Personne ne peut protéger ma femme à ma place. Je dois être au service de Niobé mais il faut que le reste de la Flotte de la Coalition me reconnaisse ce statut de protecteur. Je suivrai ses ordres avec joie …"

"Et les miens. " C'était clair, non négociable. Mais je savais qu'il ne me demanderait rien que je ne puisse accepter. Il était censé.

"J'accepte. "

Le silence se prolongea, nous nous fixions du regard sans ciller. Quel œil argenté étonnant, étrange. Rien ne lui échappait, absolument rien. "Vous pénétrez chez moi, neutralisez mes guerriers, exigez de me parler, et vous croyez que je devrais vous récompenser en vous donnant exactement ce que vous voulez ?" répliqua-t-il.

"Oui. " Je soutenais son regard, je voulais qu'il comprenne. "Écoutez-moi. Je comprends qu'elle soit vice-amiral. Elle est intelligente et compétente, je ne doute pas de ses capacités ni de sa sagesse. Je suis fier de son grade. Je suis fier d'elle, fier de l'avoir épousé. " Je soupirais, essayant de décontracter mes épaules. "Mais je ne peux accepter qu'elle soit en danger. Qu'elle parte sans pouvoir la protéger me rend fou. " Je me penchai en avant, pris un air rebelle. Je ne céderais pas, pas sur ce point. C'était mon avenir. La sécurité de ma femme était en jeu. "Donnez-moi ce poste. Nommez-moi officier de la Coalition. Accordez-moi l'autorisation maximale pour être à ses côtés. Je suis loyal envers ma femme, envers la Coalition des Planètes, je me porte garant de la survie et la sécurité de toutes les planètes membres. J'ai plus que fait mes preuves. Je ne vous trahirai pas, ni la Flotte. Je ne la trahirai jamais. Confiez-moi sa garde personnelle. Je serai le lieutenant le plus compétent et le plus impitoyable de toute la Coalition. "

"Comme je vous l'ai dit, vous perdriez votre grade de Chasseur d'élite. " Il n'avait pas encore pris sa décision.

Je haussai les épaules. "Avec tout le respect que je vous dois, je m'en fiche. Nommez-moi lieutenant et affectez-moi à l'Académie, à sa sécurité personnelle. J'irai où elle ira. "

"Et si je refuse ?"

Je m'enfonçai dans mon fauteuil. "En tant qu'homme marié, que feriez-vous à ma place ?"

Il m'étudia attentivement, leva son poignet à hauteur de sa bouche. "Code de sécurité Nial, Prillon Prime ..." Il débita toute une série codes Prillon avant qu'un système informatique ne lui réponde.

"Ici les Renseignements, Prime Nial. Que puis-je pour vous ?"

Il me regardait. "C'est votre dernière chance de changer d'avis. "

"Aucune chance. Elle est à moi. "

Il parlait en souriant. "Le Chasseur d'Elite Quinn de la planète Everis est présentement engagé comme lieutenant de la Flotte de la Coalition jusqu'à nouvel ordre. Son niveau d'habilitation correspondra à celui du vice-amiral Niobé de l'Académie de la Coalition sur Zioria. Il est affecté à sa sécurité personnelle jusqu'à nouvel ordre et ne rendra compte qu'au vice-amiral ou à moi-même".

Je n'étais pas un simple officier comme je le supposais.

"Bien reçu, Prime Nial. Nous contacterons le lieutenant sans délai afin de lui remettre les codes d'autorisation et l'accès aux bâtiments de la Coalition. Autre chose ?"

"Ce sera tout. "

"Bien reçu, Prime. Bonne soirée, monsieur. "

Sa communication prit fin, mon poignet bipa moins d'une seconde après. Les codes d'accès de mon nouveau poste au sein de la Flotte de la Coalition s'inscrivirent sur mon bipeur. J'étais lieutenant. J'irais là où ma femme irait. Je la protégerais pour toujours.

"Vous me devez une faveur, Chasseur d'Elite Quinn. Officieusement, bien entendu. "

J'opinai du chef. "Tout ce que vous voudrez, vos désirs sont des ordres. "

Satisfait, il claqua ses mains sur ses gros genoux tandis

qu'un grand coup retentissait à la porte. "Nial ? Qu'est-ce qui se passe ?"

Ander. C'était forcément lui, il n'avait pas l'air content. La voix et le parfum d'une humaine, semblable à Niobé, attira mon attention. J'étais si concentré sur ma discussion avec le Prime Nial que j'avais oublié tout le reste, espérant que la porte fermée nous couperait du reste du monde.

"Nial ? Ça va ? Qui est là ? Je veux le rencontrer. " La femme riait, le Prime sourit tandis qu'elle poursuivait. "Qui que ce soit, c'est un dur à cuire. Il a estourbi tous les gardes côté nord et les deux postés devant la cuisine. "

La porte s'ouvrit sur le guerrier Prillon le plus laid qu'il m'ait été donné de voir, une énorme cicatrice barrait plus de la moitié de son visage et son cou. Il était impressionnant, même pour un Prillon. Plus grand que le Prime Nial, sa femme posait sa main sur son bras avec une tendresse toute familière. Une femme superbe se tenait à ses côtés. Elle avait de longs cheveux soyeux et un air espiègle que je connaissais bien.

Les Terriennes étaient apparemment des femmes fougueuses et indépendantes.

Je restai assis dans cette position, ses deux compagnons hyper protecteurs seraient plus à l'aise. Nial se renfonça dans son fauteuil alors qu'elle s'approchait, informant ainsi son second que je ne constituais pas une menace.

Leur charmante épouse ne perdit pas une seconde, elle s'approcha et s'installa sur l'accoudoir du fauteuil de Nial pour mieux me voir.

Je lui souris. C'était plus fort que moi. Elle me rappelait ma Niobé, insolente et sûre d'elle. "Dame Deston, enchanté de faire votre connaissance. "

"Oh, vous êtes beau. "

Ander grommela, ce qui fit rire Nial. "Jessica, nargue un peu plus Ander, dis-lui que ce Chasseur te plait – ce lieutenant – il te donnera une bonne fessée histoire de te rappeler qui commande ici. "

Elle sourit à son compagnon balafré qui ne me quittait pas des yeux ... au cas où. Je l'avais cerné. Dame Deston ne se gênait pas pour me lorgner. "Qui êtes-vous et que faites-vous là ? C'est super excitant. " Elle regarda Ander, puis moi. "Combien de guerriers avez-vous éliminé ?"

"Neuf".

"Neuf." Elle regarda son second mari des pieds à la tête, le chef de toute la Coalition, le Commandant chargé de toutes les troupes. "Vous feriez mieux de renforcer la sécurité. Il a réussi à dégommer Hart et Tarzan. " Ça la faisait rire.

"Torzon. "

"Peu importe. Il faut qu'il change de nom. Tarzan lui va comme un gant."

Qui était ce Tarzan, et pourquoi Dame Deston agissait-elle si bizarrement ? Comme si elle me connaissait bien, que je faisais partie de ses proches. Comme si j'étais un homme de confiance.

"Femme. " L'avertissement du Prime tomba dans l'oreille d'un sourd, sa main qui lui caressait affectueusement le dos l'encourageait à ignorer son mécontentement. Je réalisai que le traitement qu'elle me réservait changerait du tout au tout si ses hommes n'étaient pas présents pour assurer sa sécurité. Elle me traitait en ami parce qu'elle se sentait en sécurité.

Ce gros Hulk d'Ander près de moi me le rappela dès que j'esquissai le moindre mouvement dans mon fauteuil.

Dame Deston me regardait. "Eh bien ? Qui êtes-vous ? Pourquoi êtes-vous ici ? Je veux tout savoir. "

"Je suis le lieutenant Quinn de la Flotte de la Coalition, attaché personnel du Vice-Amiral Niobé".

"Oh, une dure à cuire. Je l'aime bien. Elle me rappelle la gardienne Égara sur Terre. "

"Qui ça ? " Je ne connaissais pas du tout cette Égara, si elle était comme Niobé, elle devait être exceptionnelle et désirable.

"Peu importe. Alors, *Lieutenant*, pourquoi être venu jusqu'ici ?"

"Parce que votre époux a refusé mes demandes officielles. "

"Vous avez donc assommé neuf gardes et lui avez tendu une embuscade ici-même ?"

"Oui. "

Elle lui adressa un large sourire, visiblement compréhensive. "Laissez-moi deviner, c'est à propos de votre femme. "

Elle se serra contre Nial tandis que j'acquiesçais. "Vous êtes si prévisibles, vous les hommes dominateurs. Qui est l'heureuse élue ?"

Je ne savais pas si elle serait satisfaite mais une chose était sûre, elle serait aimée, protégée. "La Vice-Amiral Niobé. "

Elle se figea. "Oh mon Dieu. Oui ! Enfin. Il faut que je l'appelle. " Elle se leva de l'accoudoir, s'approcha, se pencha et m'embrassa sur la joue. Elle se rassit et se blottit contre Ander avant qu'il puisse protester. "Je suis hyper contente. Je l'adore. Il faudra qu'on leur rende visite. N'est-ce pas, Nial ? On ira bientôt les voir à l'Académie ?"

"Bien sûr, mon amour. Si ça te fait plaisir. "

Ander l'emmena, je souris en les regardant partir. Je me tournai vers le Prime Nial, qui me regardait. On se comprenait.

"La vice-amiral a grandi sur Terre, " ça voulait tout dire, sa femme était une Terrienne. Passionnée. Intelligente. Volontaire.

"Oui, son père était chasseur d'élite. Elle est rapide. Forte. Sauvage. "

Il riait. "Partez. Dégagez avant que je change d'avis. " Il s'agita dans son fauteuil et posa sa main sur son sexe. " Partez, Chasseur. Ander s'occupe de rappeler à notre femme qui commande ici, je ne vais pas tarder à les rejoindre. "

Je ris à mon tour, plaçai la balise de transport sur ma poitrine et appuyai sur le bouton qui me ramènerait chez moi. Chez moi. Vers elle.

Niobé.

# 14

*Niobé, Académie de la Coalition, Forêt de Ziorian*

POURCHASSE-MOI.

Ces deux petits mots que j'avais laissés à mon mari pour le défier avait dû lui être remis maintenant. Le système de transport m'avait averti de son départ, du moment où il avait quitté Prillon Prime pour me retrouver.

Je savais ce qu'il avait fait. Le système informatique de la Coalition m'avait prévenue du nouveau grade de Quinn- il était lieutenant de la Flotte de la Coalition, de son habilitation à un très haut niveau au sein des Renseignement, de son statut de garde du corps personnel.

Il était désormais sous mes ordres et sous ceux du Prime Nial. Personne d'autre. Ce qui voulait dire qu'il m'escorterait désormais. Lors de chaque mission. Chaque réunion. Il serait à mes côtés, me protégerait, veillerait sur moi. Et une fois les réunions terminées ?

J'enlèverais mon uniforme et lui obéirais, je serais à ses ordres.

Je frémissais d'excitation, de désir. Il avait réussi à faire en sorte que ça fonctionne entre nous, sans exiger que je me sacrifie.

Je ne l'appréciais que davantage.

J'étais à plusieurs kilomètres de l'Académie. À plusieurs kilomètres de tout monde habité. Je me savais seule dans la forêt. J'entendais les gens approcher. Je les sentais. Être avec Quinn m'avait encouragé à faire ressortir ma nature sauvage, mes origines Everienne. Ça me paraissait normal. *Logique.*

Je savais que personne n'oserait entrer dans ces bois, j'avais donné des ordres stricts pour que cette zone de la forêt soit interdite jusqu'à ce que je donne le feu vert.

Ce qui signifiait que l'accès serait interdit jusqu'à demain, *lorsque* Quinn et moi serions épuisés par l'air du soir, l'odeur humide de terre, des feuilles et du sexe.

Assise sur une branche tombée à terre, j'attendais. Je savais que le technicien chargé du transport avait donné mon mot à Quinn. Ces deux mots déclencheraient son instinct de chasseur. Savoir qu'il me retrouverait m'excitait.

Je me languissais de Quinn. J'avais envie de lui. Dire que notre mariage était une réussite serait un doux euphémisme. Kira et Angh étaient passés par là ? S'étaient-ils battu contre la Ruche, avaient-ils fait face à une possessivité exacerbée ?

Je me montrais possessive envers Quinn. Il m'appartenait. L'idée qu'il en ait fréquenté une autre, qui la connaisse intimement - obéisse à ses fantasmes – me mettait hors de moi. Je lui casserais la gueule et l'exilerais aux confins de la galaxie, sur un astéroïde ou en Antarctique.

La forêt environnante étouffait mon rire. Je ne m'inquiétais pas pour Quinn, il reviendrait sain et sauf de ses futures missions. Bon j'avoue, je m'inquiétais peu. Je le savais compétent, il serait entouré d'une équipe de combattants très entraînés dans ses déplacements. Mais tout pouvait arriver, bien évidemment. Je l'avais retrouvé dans une cellule, à moitié intégré. Mon grade m'aidait à accepter l'éventualité qu'il lui arrive quelque chose. Je détestais bien évidemment cette idée mais je l'acceptais, tout comme Quinn avait accepté le rôle que je jouais dans cette guerre.

Je raclai l'écorce du tronc avec mon ongle, en pris un morceau que je balançai par terre, agacée.

Il l'acceptait certes, mais rien ne disait qu'il l'appréciait. Il détestait que je sois en danger. Son côté hyper protecteur m'agaçait, allait à l'encontre de mon côté humain féministe, il doutait de moi. Qu'est-ce qu'il croyait ? Que j'étais devenue vice-amiral à cause de mes beaux yeux, par coup de chance ? Certainement pas. Je savais me battre, élaborer des stratégies, commander. Je ne pouvais pas transiger sur mes responsabilités, faire de compromis ; la Flotte de la Coalition, le Prime Nial, les cadets et les guerriers à bord du cuirassé en pâtiraient. Mon travail consistait à protéger ce que j'aimais. La Terre. Everis. La vie.

Le Prime Nial n'était pas un abruti. Sa femme était une humaine, une Terrienne. Tout comme moi, elle avait son libre arbitre, que le Prime et Ander, son horrible second, respectaient. Le Prime Nial ne pouvait pas - *ne voulait pas* – brider ses dirigeants, homme ou femme, pour plaire à sa femme.

Ce qui signifiait que Quinn devrait courber l'échine ou faillir. Je ne cèderais pas, pas quand mon travail était en jeu.

Quinn ne doutait pas de mes capacités. Il en avait été témoin avant même de savoir que j'étais sa femme. Mais c'était un dominant. C'était dans sa nature, dans son ADN. Être responsable. Contrôler. Protéger. Posséder. Il ne pouvait pas supporter que je sois blessée, si quelque chose m'arrivait ce serait de sa faute, un aveu de faiblesse. J'étais *sa* mission. Ce qui nous avait mis dans une situation difficile. Jusqu'à aujourd'hui.

Je cueillis une fleurette jaune et arrachai les pétales. *Il m'aime, un peu, beaucoup ...*

Il m'aimait. Je le savais même quand il se montrait borné. Mais de là à débarquer chez le Prime Nial ? Être dégradé, accepter une mission et un grade inférieur au sein de la Flotte de la Coalition pour être avec moi ? Je ne m'y attendais pas, je ne le lui aurais jamais demandé. Il avait sacrifié son avenir et sa liberté pour moi. Il m'avait choisi. Il m'aimait. Il n'y avait pas d'autre explication.

*Et je l'aimais.*

"Femme. "

Ce simple mot me fit sursauter, je faillis tomber de la bûche sur laquelle j'étais installée. Quinn était planté devant moi, bras croisés, costaud et musclé, dans son tout nouvel uniforme de lieutenant. Son nouveau look me surprit.

Bon sang, j'adorais les uniformes.

Je portai ma main à ma poitrine pour essayer de réprimer les battements de mon cœur.

"J'ai pu t'approcher sans que tu t'en aperçoives, n'est-ce pas inquiétant ?"

Je me mordis la lèvre pour réprimer un sourire. La forêt était humide, la chaleur de la canopée presque ... étouffante. À moins que ce soit l'effet produit par mon mari super viril et hyper sexy. Je savais ce que cachait cet uniforme. Des muscles saillants, entre *autres*.

Il était venu jusqu'à moi. Je lui avais lancé un défi : qu'il me prenne en chasse et il m'avait retrouvée. Ici. Au milieu de nulle part. Je fis les derniers pas qui nous séparaient.

Je me levai, défis mon chemisier que je passais par-dessus ma tête, sans cesser d'avancer. Je dégrafai mon pantalon une fois devant lui.

"Je pensais à toi. "

"Oh ? Et à quoi pensais-tu ?" Il esquissa un sourire imperceptible mais garda son sérieux. Il se tenait bien droit, sûr de lui.

"À ce que tu as fait. "

Il leva un sourcil blond. "C'est à dire ?"

"Tu as démissionné pour moi. "

Son expression se radoucit, j'y décelai quelque chose que je n'avais jamais vu auparavant, que je n'osais espérer. "C'est toi ma mission, Niobé. Toi et toi seule. "

Je restai bouche bée, il venait de dire mot pour mot ce que j'attendais.

Ce n'était certes pas très sexy, mais je me penchai et enlevai mes bottes l'une après l'autre. Je me relevai et le dévisageai. "Comme tu l'as dit, sans mon uniforme, je ne suis plus vice-amiral, je suis tout à toi. " Il me regarda baisser mon slip et mon pantalon.

"C'est vrai. " Il n'avait pas bougé d'un pouce, il me reluquait de la tête aux pieds. "Entièrement. "

En une fraction de seconde, je retirai mon soutien-gorge qui vint s'ajouter à la pile de vêtements.

Il me reluquait de pied en cap, les pupilles dilatées. Je demeurais immobile. J'attendais. J'étais à ses ordres. Savoir qu'il prenait le relais, qu'il me déchargeait de toutes mes responsabilités comme je le faisais en me débarrassant de mon uniforme, était euphorisant. Je serais autre chose que vice-amiral. Je pouvais enfin être la vraie Niobé, plus important encore, la femme de Quinn.

Ce qu'il avait fait par amour pour moi ... je débordais de joie, je devais donner libre court à mes instincts. J'avais besoin de courir, ivre de bonheur.

Je courais nue comme une chasseresse en pleine forêt, je tenais ma rapidité de mon père, les arbres défilaient à toute vitesse.

Il m'appelait, ça m'excitait. Désir.

Envie.

Il m'avait déjà traquée, retrouvée en pleine forêt. Je le défiais une fois encore, je réveillais ses instincts reproducteurs, j'exhortais le chasseur d'élite à me traquer, me capturer, me posséder.

Je courais à perdre haleine, je ne voulais pas qu'il m'attrape trop rapidement, j'avais besoin de courir, de profiter du frisson provoqué par la traque. C'était amusant. Des préliminaires, nue. J'avais besoin de Quinn, de ses bras vigoureux, de sa bite qui me dilatait, mais j'avais aussi besoin de ça. Infiniment.

Je m'éloignai à toute vitesse mais il se rapprochait, j'étais comme électrisée. Il jouait avec moi, me gardait exprès hors d'atteinte. Il me taquinait, me cherchait.

La forêt embaumait son odeur, je décrivis un large arc de cercle pour revenir sur mes pas et suivre sa fragrance, pour le respirer en pleine nuit, sentir la forêt, entendre les insectes bruisser. J'étais là, avec lui et lui seul. J'étais sauvage, animale, aussi libre que mes cheveux au vent dans le noir.

Je le sentis quelques secondes avant qu'il me saute dessus, nous tombâmes au sol, son corps amortit ma chute.

Il était nu, il avait pris le temps de se dévêtir, d'ôter son uniforme sexy de lieutenant, pour me laisser de l'avance.

Je me jetai sur lui, passai mes bras à son cou et l'embrassai.

Passée la seconde d'étonnement devant mon accueil enthousiaste, il prit mes fesses dans ses mains, me serra contre lui et me fit rouler sur les feuilles, il me pilonna en rythme.

Il me pénétra profondément, je lui appartenais, nous ne faisions qu'un, il se laissait aller, goûtait mes baisers, donnait libre court à son désir.

Il avait le goût de ... Quinn. Sexy, épicé, dangereux. *À moi*. Nous étions de vrais affamés. Des sauvages. Je ne me souvins pas d'avoir enroulé mes jambes autour de sa taille. Sa bite s'enfonçait profondément dans mon sexe. J'avais envie de gémir, de me tortiller, de toucher mon clitoris, de jouir. C'était possible mais je résistais. Je laissais Quinn décider de quand et comment me donner du plaisir. Je le désirais d'autant plus.

Le rythme ralentit, se fit doux et tendre, il releva la tête et je soutins son regard.

"Pourquoi ? chuchotai-je en le dévisageant. "Pourquoi être allé voir le Prime Nial ? "

"Parce que je suis peut-être un Atlan. " Il me donnait des coups des reins, s'enfonça dans ma chatte, je haletai, je gémis, je m'accrochai à lui.

J'étais perplexe. Un Atlan ? C'était insensé, j'avais du mal à réfléchir avec sa grosse bite qui me dilatait. "Pardon ? "

Il se tourna et frotta ses abdominaux durs comme du béton contre mon ventre, il ondula et se frotta contre mon clitoris tout en me chevauchant, il me pénétra à fond. "Je te jure que j'ai comme une bête en moi dès que ça te concerne.

Je n'ai jamais douté de tes capacités. *Jamais*. Je suis fier de ce que tu es, fier que tu sois ma femme. "

Il ne pouvait pas s'arrêter, ses gémissements de plaisir rivalisaient avec les miens, mon vagin enserrait sa bite comme dans un étau. J'étendis les mains derrière ma tête, m'arcboutai, me donnai à lui.

"Bon sang, Niobé. " Il enfouit son visage dans mon cou, souleva mes hanches afin de me pénétrer plus en profondeur. Je hurlai. Peu importe qu'il soit Everien, Atlan ou un monstre ; il était à moi et j'avais besoin de lui.

"Quinn, " murmurai-je, il m'entendit et mordilla mon cou alors que je le suppliais de me faire jouir. "S'il te plaît, Quinn. J'ai besoin de toi. Je …"

Il s'arrêta, je sanglotai et écoutai ce qu'il attendait de moi. "Je suis fier de toi mais je suis un chasseur d'élite malgré mon uniforme de lieutenant. Je suis un sauvage. Tu as réveillé des instincts dont j'ignorais l'existence. Je n'ai pas pu me contrôler, j'avais besoin de te protéger. Aller chez le Prime Nial, demander à être ton escorte était le seul moyen de te protéger et te garder près de moi. "

"Mais ta liberté ? Ta famille sur Everis ? Ton travail ?" C'était un chasseur d'élite, ils étaient très demandés, et pas seulement par les commandants. Les dirigeants de nombreuses planètes avaient recours à leurs services. Ils étaient rares et inestimables. Leurs services coûtaient une fortune, ils choisissaient pour qui travailler.

En acceptant de devenir officier de la Flotte de la Coalition, il était désormais sous les ordres du Prime Nial. Le Prime pouvait l'envoyer en mission, lui ordonner d'obéir, et si Quinn refusait ? Il irait droit en prison.

Il secoua lentement la tête. "J'ai parlé au Prime Nial. Sa femme est humaine, comme toi. Il me comprend."

Je poussai un cri, bien déterminée à défendre toutes les Terriennes mais il enfouit son visage dans mon cou, se retira pour mieux me pénétrer. Ma protestation se mua en frisson de plaisir tandis que ma chatte était parcourue de spasmes. Il était énorme. Il me dilata, me bourra jusqu'à ce que je ne puisse plus respirer, encore moins penser. "On peut remettre cette conversation à plus tard ?"

"Non. Écoute-moi, Niobé, comprends-moi. Ma mission consiste à assurer ta protection. Prendre soin de toi. Être avec toi. Je me fous du grade. Le Prime Nial et moi sommes tombés d'accord. Je suis à tes ordres quand nous sommes en public. Aux tiens et personne d'autre. "

"À mes ordres ?"

" Oui à toi". Il mordillait mes lèvres, ses baisers me faisaient littéralement fondre. "Le Prime Nial m'a accordé le plus haut niveau d'accréditation, y compris au sein des Renseignements. J'irai où tu iras, sans poser de questions ni créer de problèmes. "

J'enfouis mes doigts dans ses longs cheveux blonds soyeux. Le contraste était saisissant par rapport à sa dureté, sa force de caractère. C'était ma femme. "Ok. "

Ça le faisait rire. "D'accord ? Pas de disputes ?"

"Non. Je suis toute nue. Je ne me dispute pas avec mon mari quand je suis à poil. "

"Tu as raison. " Il souleva mes fesses et les écarta, s'enfonça profondément. "Nue, tu es tout à moi. "

Je souris, caressai ses cheveux, effleurai son visage, sa barbe piquait. Je lui confiai ce que j'avais sur le cœur. "Je serai toujours à toi, Quinn. Pour toujours. "

Il s'immobilisa une fraction de seconde, comme surpris par mon aveu, se figea. Mon amant dominateur voulait s'amuser, je voulais qu'il arrête de réfléchir et qu'il ressente, tout simplement. J'en avais ... besoin.

"Lève tes mains au-dessus de ta tête et ne bouge pas. " Son ordre n'admettait aucune réplique, j'avais d'autant plus hâte d'obéir. Comme une jeune recrue, je n'avais rien d'autre à faire qu'obéir.

Je me mis en place, il demeura immobile, comme un commandant, il regardait, attendait que je contrevienne aux ordres. Je me tortillai, sachant qu'il me donnerait une fessée si je n'obéissais pas. Et ce n'était pas du tout une punition.

Je vis son expression dans l'obscurité de la forêt alors que j'allongeai les mains au-dessus de ma tête. Son visage était tendu, les veines de son cou et de ses tempes saillaient. Il était vulnérable, probablement aussi avide que moi. Je remuai instinctivement, écartai les jambes, essayant de l'attirer plus profondément.

"Écarte-les plus grand. "

Je déglutis et écartai grand mes genoux. Encore, et encore. J'étais heureusement souple et en excellente forme physique.

Ses caresses brûlaient ma peau. L'humidité me faisait transpirer. Son regard était torride. Il me voyait malgré l'obscurité.

"Tu es magnifique. "

Je me *sentais* belle.

Il saisit mes chevilles et se retira, déposa des baisers sur mon corps en enfouit sa tête entre mes cuisses. Il souleva mes jambes, mes genoux se plaquèrent contre ma poitrine.

"Oh !" "hurlai-je tandis qu'il léchait ma vulve, trouva mon clitoris qu'il suça. Il l'embrassait, en faisait ce qu'il voulait. J'ondulai des hanches sous la caresse exquise.

"Quinn. "

Il s'arrêta avant que je jouisse, il me titillait, faisait durer le plaisir, me dominait. Il releva la tête et contempla mon corps. Voir sa bouche et son menton luisants de mouille était ... délicieusement obscène.

"Je t'en supplie. " J'avais trop envie de lui, je voulais qu'il me pénètre, sentir son corps ferme sur le mien, sa bite frémir en moi, me savoir protégée. Possédée.

Il aimait peut-être que je le supplie, il lâcha mes chevilles et se plaça devant mon vagin. Son gland retroussé s'enfonça en moi, je regardai son avant-bras. Il soutint mon regard tout en me pénétrant d'un pouce, il se retenait.

"*À moi.* "

Il me pénétra d'un coup d'un seul, brutalement, rapidement, il me possédait, je n'étais rien qu'à lui.

Je me cambrai, la sensation était ... trop intense.

Un rugissement sortit de sa poitrine.

"Oui !" hurlai-je. Je n'étais plus vice-amiral, responsable de l'Académie ou en mission pour les Renseignements. J'étais à ma place. J'étais importante. Je me donnais à mon mari. Je lui *donnais* ce dont il avait besoin, j'étais enfin moi-même.

Quinn posa sa main sur ma hanche, je basculai, il se retrouva allongé sur le dos, je chevauchai ses hanches étroites, empalée sur sa bite, mains à plat sur sa poitrine.

"Quinn ?"

Il posa ses mains sur mes hanches et me souleva, je me remis en place. Je haletai, je gémis.

"Chevauche-moi. Pompe tout mon sperme. "

J'étais sur lui, je bougeais à ma guise, j'utilisais sa bite comme bon me semblait. Il aimait ce que je lui faisais. Je me contractai et lui tirai un gémissement, il empoigna fermement mes hanches.

J'ondulai, me soulevai, me rabaissai. Je le baisais, je me donnais du plaisir. Plus j'en prenais, plus il m'en donnait, je n'étais que sensations, je succombais au plaisir, je m'abandonnais. Je jouis en hurlant, mon cri retentit dans toute la forêt, je pompai sa verge, je la sentis se dresser et palpiter en moi juste avant l'orgasme.

Nous succombions tous deux au plaisir mutuel ; Quinn et moi étions faits l'un pour l'autre.

Nous ne faisions qu'un.

# ÉPILOGUE

uinn, Un Mois Plus Tard, Lieu Inconnu

"Où sommes-nous ?" demandai-je, en regardant autour de moi. La plateforme de transport était semblable à n'importe quelle plateforme de l'univers.

Cinq minutes auparavant, j'étais entré dans le bureau de Niobé pour l'accompagner chez nous. Ce n'était pas nécessaire, elle pouvait traverser l'Académie sans que je l'escorte. Je voulais juste être auprès d'elle. Sa présence me rendait heureux, heureux comme jamais. La nervosité qui faisait partie de mon quotidien s'était apaisée à son contact. *Elle* était devenue mon seul et unique objectif.

J'avais insisté pour que le Prime Nial arrête de me saouler avec son protocole et son règlement de la Coalition, je me consacrais uniquement à elle.

Au lieu de rassembler ses affaires, comme elle le faisait

d'habitude, elle s'approcha du bureau, plaça une balise de transport sur ma poitrine, prit ma main et nous partîmes.

Téléportés. Arrivés ... ici.

Le technicien chargé du transport se redressa et salua derrière son pupitre. "Vice-Amiral. " Il la regarda fixement, comme surpris par notre arrivée, mais n'en dit pas plus.

Niobé me lâcha la main et descendit de la plateforme. Elle s'attendait à ce que je la suive. Partout. N'importe où.

Elle n'adressa pas un mot au technicien, sortit de la pièce et tourna à droite dans un long couloir. Je n'aurais su dire où nous étions. Elle n'avait jamais répondu à ma question.

Son pas rapide et déterminé me donnait à penser qu'elle savait exactement où se rendre. Plusieurs combattants nous saluèrent au passage.

Après avoir tourné à gauche et à droite dans les couloirs, elle leva la main sur un panneau situé près d'une porte. La lumière devint verte, la porte coulissa en silence.

Nous étions dans un autre couloir, la température était plus fraîche, de plusieurs degrés. Des portes s'alignaient des deux côtés, elle s'arrêta devant la troisième à droite.

Elle me contempla pour la première fois depuis notre arrivée et retira la balise de transport de ma poitrine. "Tu as cinq minutes, Chasseur d'Elite Quinn. "

Je contemplai la porte, perplexe. Plus personne ne s'adressait à moi avec mon ancien grade. J'étais désormais le lieutenant Quinn, de la Flotte de la Coalition. À quoi jouait-elle ?

"Cinq minutes" ? Pour quoi faire ?"

Elle me regarda droit dans les yeux, plus résolue que jamais. " Rendre la justice".

Elle posa sa main sur le boîtier situé près de la porte, il y eut un bip, le voyant passa au vert, la porte s'ouvrit.

Je regardai et me figeai.

Le Nexus.

Je la dévisageai, histoire de bien comprendre.

"Ils l'ont depuis plus d'un mois. Ça suffit. Il est à toi maintenant. "

Putain de merde. Une base des Renseignements. Quelque part. Le Nexus était retenu dans une prison souterraine disposant sans doute d'un laboratoire. Je détestais la sensation de confinement, la seule issue était la porte que nous avions franchie. J'avais été dans une cellule similaire récemment, otage de ce connard bleu, je réalisai, à mon grand étonnement, que me retrouver ici ne m'enchantait guère, malgré ce que ma femme m'offrait sur un plateau. J'avais essayé de trouver un moyen de m'échapper de ma cellule et j'avais échoué. Il n'y avait pas d'issue. Plus de retour possible sur Latiri 4, pas de retour pour ce connard bleu.

Je tournai la tête et le vis, tailladé de partout, avec des milliers de coupures sur la tête, comme si les médecins des Renseignements s'étaient acharnés sur cette zone, sans doute pour tenter de comprendre comment ils parvenaient à contrôler le mental des combattants et des civils qu'ils intégraient. Il me paraissait plus mince. Je le voyais comme une simple machine, son corps biologique avait dû souffrir de la faim. Il était nu et je ne pus m'empêcher de contempler ce patchwork bleu et argenté. Il avait des côtes, comme moi. Des bras. Des jambes. Mais son torse bleu foncé était couvert de torsades argentées, son sexe était étrangement tordu, comme animé d'une vie propre. Il me fixait de son regard sombre, malgré sa faiblesse.

"Tu es venu m'achever, Chasseur ?" Le Nexus ne souriait pas et ne semblait pas redouter ma réponse. Quelle serait ma réaction ?

Je le regardais, je ne ressentais ... strictement rien. Je n'avais nulle envie de m'attarder ici. Je songeais à la forêt sur Zioria, au fait de pourchasser ma femme en pleine nature, à l'humidité ambiante, au terrain accidenté. À la *liberté*.

Je me tournai vers Niobé, qui arborait son expression de Vice-Amiral. Dénuée de toute émotion. En pleine possession de ses moyens. C'était son œuvre, son choix. L'accès était facile, vu son grade. Elle avait même accès au plus haut niveau des balises de transport personnel.

Merde.

Elle m'avait amené jusqu'au Nexus pour que je le tue. Pour l'achever, comme je l'avais désiré lors de sa capture sur Latiri 4. Elle avait refusé de céder, avait tenu bon alors que pas un, mais plusieurs combattants, auraient voulu le tuer, contrevenant ainsi à ses ordres. Elle n'avait pas cédé. Pourquoi maintenant ?

*Parce que j'avais fait le premier pas.* Je m'étais livré à elle, et elle à moi. Pas durant nos rapports sexuels, mais dans la vie. En la choisissant, elle et la Coalition, plutôt que ma liberté de chasseur d'élite.

J'étais écorché vif. Mon cœur allait bondir hors de ma poitrine. Pour cette femme. J'avais eu la chance de tomber sur elle ? Elle n'avait pas besoin de moi. Elle était intelligente, compétente, impitoyable, rusée, sûre d'elle, elle veillait sur tout le monde. Elle était courageuse et n'avait pas froid aux yeux, contrairement à la plupart des hommes.

Elle m'appartenait.

J'avais envie de prendre ma femme dans mes bras et de l'embrasser à perdre haleine. De la plaquer contre le mur et la baiser comme un sauvage. Elle me donnait ce que j'attendais. Ce dont je pensais avoir besoin depuis le début. Venger mes amis morts. Clap de fin.

"Cinq minutes", répéta-t-elle, en jetant un coup d'œil au bipeur à son poignet.

Je n'avais pas de temps à perdre. Je me retournai et pénétrai dans la pièce. La porte se referma derrière moi. Je sus, sans avoir besoin de regarder, que Niobé n'était plus là. Elle attendait dans le couloir que je règle mes comptes avec le Nexus. Que je le tue, si tel était mon bon plaisir.

Le Nexus était enchaîné, comme moi avant lui. J'étais hors de sa portée.

Nous nous regardâmes, je sentis mon esprit bourdonner à son contact, la faute aux microscopiques intégrations présentes dans mon organisme. Je ne serais jamais complètement libéré de lui. Même si je le tuais. Mais il n'avait plus aucune influence sur moi. Aucune.

Nos regards se croisèrent, je ressentis une attirance étrange, je songeai à Niobé et n'eus aucun mal à résister à son influence psychique.

"'T'as rien à dire, Chasseur ?"

"Je suis désolé. "

Je n'avais jamais vu de Nexus avant lui, je n'avais jamais vu d'émotion sur son visage durant ma captivité. La surprise s'y lisait désormais. "Désolé ? De quoi ?"

Je contemplais ses chaînes, ses ecchymoses, il était amaigri, je savais qu'il avait vécu un enfer, tout comme moi. "Parce que je ne suis pas comme toi. Je ne suis pas malveillant. Je n'aime pas voir les autres souffrir, même mes ennemis. "

Il cligna lentement des yeux, ses paupières se refermèrent sur son immense regard opaque indéchiffrable. "Je ne suis pas malveillant. Le bien et le mal n'existent pas. Le bien, le mal, ne sont que des concepts pour les esprits étroits. "

De quoi parlait-il ? À quoi bon discuter ?

Non. Je connaissais la réponse. La curiosité. Le besoin de comprendre l'ennemi. "Alors pourquoi faire cette guerre ? Pourquoi tuer notre peuple ?"

Le Nexus baissa la tête, comme s'il était confus. "La guerre ? Nous ne sommes pas en guerre. Nous voulons apprendre, mais vous résistez. "

Apprendre ? Il appelait ça *apprendre* ? Capturer de valeureux combattants et les transformer en robots ? Contrôler leurs esprits ? En les forçant à tuer leurs amis ? Leurs familles ? Voire, leurs propres enfants ?

"Pourquoi résistez-vous ?"

"Parce que nous avons choisi d'être des individus. Nous voulons être libres ".

"La liberté est une illusion. L'individu est une illusion. Ce corps, votre corps, est une illusion. Vous faites déjà partie de nous".

"Non. Pas du tout. Jamais. " Il ne pouvait pas comprendre. Ma logique comprenait, mon cœur, non. Combien d'esprits avait-il pénétré ? Combien de pensées de combattants intégrés entendait-il ? Lui arrivait-il d'être seul dans sa tête ? L'avait-il *jamais été* ?

"L'avenir nous attend, Chasseur. Tu verras. À la fin, nous ne ferons plus qu'un. "

Des conneries. Moi qui m'attendais à avoir envie de lui arracher la tête et à vider mon pistolet pour l'achever, voilà que je ne le voulais plus. Plus maintenant.

J'avais été aveuglé par mon envie de le tuer, même lorsque Niobé m'avait raconté toute la vérité. Le Nexus devait rester en vie. Mon désir de justice pour venger ce qu'il m'avait fait n'égalait la victoire obtenue, grâce aux leçons tirées de l'étude de notre ennemi. De nombreuses vies seraient sauvées si la Coalition comprenait le fonctionnement du Nexus, son mode de *penser*. Si je le tuais, ces données, tout accès à la compréhension, seraient perdus.

Dans quel but ? Par égoïsme, pour me venger et détruire cette créature de la Ruche qui m'avait fait du mal.

Nous étions en guerre depuis des siècles. J'avais survécu, d'autres pas. D'autres périraient encore si nous ne faisions pas de choix délibérés et n'étudiions pas ce que nous détestions.

Si je n'avais pas été capturé, Niobé ne m'aurait pas transporté sur Latiri 4. Elle ne m'aurait pas sauvé et n'aurait pas verrouillé la base souterraine. Nous n'aurions pas pu sauver tous les autres ou livrer ce putain de Nexus aux Renseignements. Vivant.

Parce que j'avais été prisonnier, mes intégrations, mon sacrifice, avaient permis de résoudre le problème. Et si mon but ultime, en tant que chasseur d'élite, était au final ma capture ?

La torture et mon mariage m'avaient sauvé et conduit jusqu'ici, afin que des millions d'individus n'aient pas à subir un sort similaire ?

Si je tuais cet enculé, mon séjour en prison n'aurait servi à rien. L'emprisonnement des autres, *leur mort*, aurait été - serait - inutile.

Non, il devait rester en vie, comme l'avait dit Niobé. La capture et l'étude du Nexus devaient être une victoire pour la Coalition, une raison d'espérer dans cette guerre.

Il ne s'agissait pas de moi, ni d'elle.

Il s'agissait du bien contre le mal. De sauver le monde.

Je reculai d'un pas, tapai du poing sur le mur et jetai un dernier coup d'œil au Nexus bleu qui ne signifiait plus rien pour moi.

Il me narguait. "Tu apprendras, Chasseur. Tu finiras par apprendre. "

Son côté stoïque me fit l'effet d'une décharge laser, dont le tir rebondit sur mon armure psychique.

Il ne m'avait pas atteint. Il ne m'avait pas blessé. Niobé m'avait guéri, m'avait rendu plus fort. Plus fort que le Nexus dans cette cellule. Plus fort que mes erreurs passées. Plus fort que jamais, je ne cesserais jamais de me battre. Je ne céderais jamais. Je protègerais toujours ce qui m'appartenait. Ma vie. Mon peuple. Ma femme. Elle était tout pour moi. Le centre de mon monde. Si le Docteur Hélion avait besoin de torturer et disséquer le Nexus pour m'aider à la protéger, qu'il en soit ainsi.

Je tournai les talons et sortis de la cellule. Niobé me regarda partir d'un air interrogateur et constata que l'ennemi respirait toujours, enchaîné.

La porte se referma, elle se planta devant moi et me regarda droit dans les yeux. "Pourquoi ?"

Elle voulait connaître la raison de mon refus.

Je me rapprochai d'elle, nos corps s'effleurèrent. La porte de la cellule s'était refermée, la serrure avait émis le bruit distinctif lié à mon passé, le Nexus était enfermé à l'intérieur, il y serait testé, analysé. *Utilisé.*

"Il incarne le passé. Et toi, l'avenir. "

Je me penchai et frôlai ses lèvres.

Elle ne m'embrassa pas en retour, demeurant immobile. Surprise peut-être, étonnée de ma volte-face avec ce connard bleu.

"Tu es sûr de toi ?"

Je hochai la tête et lui pris la main.

"Affirmatif. Je suis heureux avec toi. J'assure ta sécurité, je te protège, je suis ton mari, je suis tout à toi, Niobé. "

Elle m'étudia attentivement, peut-être pour voir si je disais vrai, si j'étais sincère. Elle acquiesça, visiblement rassurée.

Elle me ramena vers la salle de transport et me regarda.

"Je t'aime, tu sais ?"

Je lui souris, l'attrapai et l'embrassai de nouveau, j'avais le droit, elle était à moi. "Je sais. Je t'aime encore plus. "

Elle était stupéfaite, la Vice-Amiral froide et calculatrice pesait mes mots ... et m'adressa le sourire typique d'une déesse recevant une offrande - je réalisai que ce *cadeau*, c'était moi. Je prendrais soin d'elle, la protègerais, l'aimerais, consacrerais toute ma vie à son bonheur, j'avais trop hâte.

Nous marchâmes en silence et nous retrouvâmes sur la plateforme. "Trajet retour. Inversez les coordonnées, " ordonna-t-elle au technicien.

"Prêt ?"

Mes cheveux se dressèrent sur ma tête, chaleur et grésillement rimaient avec transport imminent.

"Avec toi ? Toujours."

# CONTENU SUPPLÉMENTAIRE

Pas d'inquiétude, les héros de la Programme des Épouses Interstellaires reviennent bientôt ! Et devinez quoi ? Voici un petit bonus rien que pour vous. Inscrivez-vous à ma liste de diffusion; un bonus spécial réservé à mes abonnés pour chaque livre de la série Programme des Épouses Interstellaires vous attend. En vous inscrivant, vous serez aussi informée dès la sortie de mes prochains romans (et vous recevrez un livre en cadeau... waouh !)

Comme toujours... merci d'apprécier mes livres.

http://gracegoodwin.com/bulletin-francais/

## LE TEST DES MARIÉES

### PROGRAMME DES ÉPOUSES INTERSTELLAIRES

VOTRE compagnon n'est pas loin. Faites le test aujourd'hui et découvrez votre partenaire idéal. Êtes-vous prête pour un (ou deux) compagnons extraterrestres sexy ?

PARTICIPEZ DÈS MAINTENANT !

**programmedesepousesinterstellaires.com**

## BULLETIN FRANÇAISE

REJOIGNEZ MA LISTE DE CONTACTS POUR ÊTRE DANS LES PREMIERS A CONNAÎTRE LES NOUVELLES SORTIES, OBTENIR DES TARIFS PREFERENTIELS ET DES EXTRAITS

http://gracegoodwin.com/bulletin-francais/

# OUVRAGES DE GRACE GOODWIN

**Programme des Épouses Interstellaires**

Domptée par Ses Partenaires

Son Partenaire Particulier

Possédée par ses partenaires

Accouplée aux guerriers

Prise par ses partenaires

Accouplée à la bête

Accouplée aux Vikens

Apprivoisée par la Bête

L'Enfant Secret de son Partenaire

La Fièvre d'Accouplement

Ses partenaires Viken

Combattre pour leur partenaire

Ses Partenaires de Rogue

Possédée par les Vikens

L'Epouse des Commandants

Une Femme Pour Deux

**Programme des Épouses Interstellaires:**
**La Colonie**

Soumise aux Cyborgs

Accouplée aux Cyborgs

Séduction Cyborg

Sa Bête Cyborg

Fièvre Cyborg

Cyborg Rebelle

La Colonie Coffret (Tomes 1 - 3)

# ALSO BY GRACE GOODWIN

*Interstellar Brides® Program*

Assigned a Mate

Mated to the Warriors

Claimed by Her Mates

Taken by Her Mates

Mated to the Beast

Mastered by Her Mates

Tamed by the Beast

Mated to the Vikens

Her Mate's Secret Baby

Mating Fever

Her Viken Mates

Fighting For Their Mate

Her Rogue Mates

Claimed By The Vikens

The Commanders' Mate

Matched and Mated

Hunted

Viken Command

The Rebel and the Rogue

*Interstellar Brides® Program: The Colony*

Surrender to the Cyborgs

Mated to the Cyborgs

Cyborg Seduction

Her Cyborg Beast

Cyborg Fever

Rogue Cyborg

Cyborg's Secret Baby

Her Cyborg Warriors

***Interstellar Brides® Program: The Virgins***

The Alien's Mate

His Virgin Mate

Claiming His Virgin

His Virgin Bride

His Virgin Princess

***Interstellar Brides® Program: Ascension Saga***

Ascension Saga, book 1

Ascension Saga, book 2

Ascension Saga, book 3

Trinity: Ascension Saga - Volume 1

Ascension Saga, book 4

Ascension Saga, book 5

Ascension Saga, book 6

Faith: Ascension Saga - Volume 2

Ascension Saga, book 7

Ascension Saga, book 8

Ascension Saga, book 9

Destiny: Ascension Saga - Volume 3

***Other Books***

Their Conquered Bride

Wild Wolf Claiming: A Howl's Romance

## CONTACTER GRACE GOODWIN

Vous pouvez contacter Grace Goodwin via son site internet, sa page Facebook, son compte Twitter, et son profil Goodreads via les liens suivants :

Abonnez-vous à ma liste de lecteurs VIP français ici :
**bit.ly/GraceGoodwinFrance**

Web :
https://gracegoodwin.com

Facebook :
https://www.visagebook.com/profile.php?id=100011365683986

Twitter :
https://twitter.com/luvgracegoodwin

Goodreads :
https://www.goodreads.com/author/show/15037285.Grace_Goodwin

Vous souhaitez rejoindre mon Équipe de Science-Fiction pas si secrète que ça ? Des extraits, des premières de couverture et un aperçu du contenu en avant-première.

Rejoignez le groupe Facebook et partagez des photos et des infos sympas (en anglais). INSCRIVEZ-VOUS ici : http://bit.ly/SciFiSquad

## À PROPOS DE GRACE

Grace Goodwin est journaliste à USA Today, mais c'est aussi une auteure de science-fiction et de romance paranormale reconnue mondialement, avec plus d'un MILLION de livres vendus. Les livres de Grace sont disponibles dans le monde entier dans de nombreuses langues en ebook, en livre relié ou encore sur les applications de lecture. Ce sont deux meilleures amies, l'une qui utilise la partie gauche de son cerveau et l'autre qui utilise la partie droite, qui constituent le duo d'écriture récompensé qu'est Grace Goodwin. Toutes les deux mamans, elles adorent faire des escape games, lire énormément, et défendre vaillamment leurs boissons chaudes préférées. (Apparemment, elles se disputent tous les jours pour savoir ce qui est le meilleur : le thé ou le café ?) Grace adore recevoir des commentaires de ses lecteurs.

www.ingramcontent.com/pod-product-compliance
Lightning Source LLC
LaVergne TN
LVHW011822060526
838200LV00053B/3865